조지 오웰
ORWELL
진 실 에
ON TRUTH
대 하 여

일러두기

- 이 책은 조지 오웰의 책과 기고문, 편지, 서평 가운데에서 진실과 관련된 글을 연대순으로 발췌한 것으로, 펭귄출판사Penguin Books의 *Orwell on Truth*(2017)를 저본으로 하여 일부 내용을 추가했다.
- 외국 인명과 지명의 표기는 국립국어원 외래어 표기법을 따르되, 국내에서 널리 사용되는 표기 용례가 있으면 그대로 사용했다. 인물, 도서, 신문, 잡지, 영화 및 주요 개념의 원어는 처음 나오거나 주요하게 언급할 때 병기했다.
- 도서와 영화 등의 제목은 번역 표기하되, 국내에 소개된 작품은 그 제목을 따랐다.
- 본문의 굵은 서체는 원저자의 강조이다.
- 원저자의 주석은 앞에 '[원주]'를 붙여 표시했으며, 나머지 주석은 독자의 이해를 돕기 위한 옮긴이 주이다. 또한 본문에 옮긴이의 보충 설명을 넣을 때는 '[ ]'로 묶어 표시했다.

조지 오웰
ORWELL
진 실 에
ON TRUTH
대 하 여

조지 오웰 지음

김태한 옮김

P 필로소픽

목차

영국의 평화,

영국의 매독

《버마 시절》(1934)[*] 중에서

"자, 의사 선생님."

플로리^{**}는 긴 의자에서 자세를 바로잡아 앉았다. 땀띠가 무수한 바늘처럼 등을 찔러대는 데다, 자신이 즐기는 의사와의 논쟁이 막 시작될 참이었기 때문이다. 사실 이런 약간 정치적인 논쟁은 두 사람이 만날 때마다 벌어졌다. 그런데 이 논쟁은 뒤죽

---

* 《버마 시절Burmese Days》은 오웰이 1922~1927년 당시 영국령 인도제국의 일부였던 버마(오늘날 국가 공식 명칭은 미얀마)에서 인도제국 경찰로 근무했던 경험을 바탕으로 쓴 소설로, 영국의 식민정책과 백인 우월주의에 대한 비판을 담고 있다.

** 플로리는 《버마 시절》의 주인공으로 영국의 제국주의를 증오하면서도 체제에 순응하는 소극적 인물이다.

박죽이었다. 영국인은 몹시 반反영국적인 반면, 인도인은 광적으로 영국에 충성스러웠기 때문이다. 의사 베라스와미는 영국인을 열렬히 찬양했는데, 영국인들에게 숱하게 모욕을 당하면서도 흔들림이 없었다. 그는 확고한 열의를 가지고 자신이 속한 인도인이 열등하고 타락한 인종이라고 단언했다. 영국의 정의正義에 대한 믿음이 너무나 단단해서, 감옥에서 태형이나 교수형을 감독한 후* 검은 얼굴이 잿빛으로 질린 채 귀가하여 위스키를 들이켤 때조차 그 열의는 흔들리지 않았다. 플로리의 선동적인 주장은 그에게 충격을 주었지만, 독실한 신자가 거꾸로 외우는 주기도문을 들을 때처럼 일종의 오싹한 쾌감을 느끼기도 했다.

플로리가 말했다. "선생님, 대체 어떻게 우리가 이 나라에 있는 이유가 도둑질이 아니라고 주장하실 수 있습니까? 사실 단순한 일입니다. 관리가 버마 사람을 억압하는 동안, 사업가는 버마 사람의 호주머니를 털지요. 예를 들어 이 나라가 영국의 손아귀에 있지 않다면, 우리 회사가 목재 계약을 따낼 수 있을 거라 생각하시나요? 다른 목재회사나 석유회사가 그럴 수 있을까요? 광산회사, 농장주, 무역회사는요? 정부가 뒷배를 봐주지 않는다면, 쌀을 마음대로 주무르는 패거리가 불쌍한 소작농들을 벗겨 먹을 수 있을까요? 대영제국은 그저 영국인한테, 아니 유대인하고 스코틀랜드 패거리한테 무역 독점권을 주기 위한 장치일 뿐

---

* 이 소설에서 베라스와미는 의사이자 교도소장으로 재직하고 있다.

이지요."

"친구, 당신 말을 듣자니 씁쓸하군요. 정말 씁쓸해요. 여기에 무역을 하러 왔다고 했지요? 물론 그렇지요. 그런데 버마인들이 자기 힘으로 무역을 할 수 있었을까요? 기계, 배, 철도, 도로를 만들 수 있을까요? 당신들이 없으면 버마 사람들은 아무것도 할 수 없어요. 영국인이 없다면 버마의 숲은 어떻게 될까요? 아마 곧바로 일본인한테 팔릴 테고, 그들은 숲을 깡그리 뽑아먹고 망칠 겁니다. 그 대신 당신들 손에 들어갔기에 실제로 숲이 좋아졌어요. 그리고 당신네 사업가들은 우리나라의 자원을 개발할 테고, 당신네 관리들은 우리를 문명화해서 당신들 수준으로 만들어줄 겁니다. 순수하게 공공을 위하는 마음으로 말입니다. 위대한 희생의 기록인 거죠."

"말도 안 돼요, 선생님. 우리는 젊은이들에게 위스키나 들이켜고 공이나 차는 건 가르치지요. 인정합니다. 하지만 다른 소중한 것들은 가르치지 않습니다. 우리 학교를 좀 보세요. 값싼 사무원이나 키워내는 공장 아닙니까. 우리는 인도인에게 유용한 수공업은 단 하나도 가르친 적이 없습니다. 감히 그럴 수가 없어요. 공업에서 경쟁하게 될까 봐 두려운 게죠. 심지어 우린 갖가지 산업을 파괴해버렸어요. 인도 모슬린*은 지금 어디에 있죠?

* muslin. 면직물의 일종으로서 이라크의 도시 모술에서 유래했으며, 인도산이 유명하다.

1840년대 언저리에 인도인은 원양 선박을 건조하고 운영까지 잘했습니다. 그런데 이제는 바다에 띄울 낚싯배도 못 만들어요. 18세기에는 어찌어찌 유럽 표준에 맞는 총도 주조했지요. 우리가 인도에 온 지 150년이 지났는데, 이제는 인도 대륙 전체를 통틀어도 놋쇠 탄피 하나 만들지 못합니다. 동양에서 빠르게 발전한 인종은 모두 독립해 있죠. 굳이 일본을 예로 들지 않아도 시암*은 말입니다…"

의사는 흥분해서 손사래를 쳤다. 그는 늘 이 시점에서 논쟁을 가로막곤 했다(그리고 규칙이라도 되는 양 똑같은 말을 거의 토씨 하나 다르지 않게 되풀이했다). 시암을 예시로 든 게 거슬린 것이다.

"맙소사, 내 친구, 당신은 동양인의 기질을 잊고 있군요. 우리처럼 무신경하고 미신적인 사람들이 어떻게 발전할 수 있었겠습니까? 당신네들은 적어도 법과 질서를 가져다주었어요. 군건한 영국의 정의와 영국의 평화Pax Britannica를 말입니다."

"영국의 매독Pox Britannica이겠지요,** 선생님, 영국의 매독이 더 어울리는 이름이죠. 그런데 좌우지간, 누구를 위한 평화란 말입니까? 사채꾼이나 변호사를 위한 거겠지요. 물론 우리는 인

---

* Siam. 타이 왕국의 옛 명칭이다.
** '영국에 의한 평화'를 뜻하는 "팍스 브리타니카Pax Britannica"를, '영국에 의한 매독'을 뜻하는 "폭스 브리타니카Pox Britannica"에 빗대 조롱하고 있다.

도의 평화를 지키지요. 우리 이익을 위해서 말입니다. 하지만 이런 법과 질서 따위가 모두 무엇으로 귀결됩니까? 은행이 더 생기고 감옥이 더 생길 뿐이에요. 그뿐입니다."

영국인과

그 제국에 관한 진실

《버마 시절》(1934) 중에서

[플로리는] 스물일곱 살 생일을 병원에서 맞이했다. 머리부터 발끝까지 흉측한 종기로 덮인 채. 습지 종기라고 했지만, 아마 위스키와 형편없는 음식이 원인이었을 것이다. 피부에는 작은 곰보 자국들이 남아 2년 동안 사라지지 않았다. 갑자기 팍 늙어 보였고, 스스로도 그렇게 느끼기 시작했다. 청춘은 끝났다. 8년 동안의 동양 생활과 열병, 외로움, 간헐적 음주가 남긴 흔적이었다.

그 후로 한 해 한 해 더 외롭고 괴로워졌다. 그때 그의 생각 한가운데 똬리를 틀고 모든 것을 망쳐버린 것은 자신의 삶을 둘러싸고 있는 제국주의 분위기에 대한 점점 지독해지는 증오였다. 이런 증오를 느끼는 이유는 그의 뇌가 발달하면서(우리는 두

뇌 발달을 멈출 수 없고, 제대로 교육받지 못한 이들의 비극 중 하나는 삶이 이미 잘못된 길로 들어선 후에야 뒤늦게 뇌가 발달한다는 점이다) 영국인과 그 제국에 관한 진실을 깨달았기 때문이다. 인도 제국*은 전제정이다. 자비롭다는 데에는 의심의 여지가 없지만, 그래도 최종 목표는 도둑질인 전제정이다. 그리고 플로리는 동양에 사는 영국인인 사히브로그sahiblog[주인 나리들]의 사회에서 살면서 그들이 너무 싫어져서, 그들에 대한 편견을 갖지 않을 수 없었다. 사실 그 보잘것없는 악마들이 다른 이들보다 유달리 나쁘지도 않다. 그들의 삶은 썩 탐나지 않는다. 낯선 나라에서 박봉으로 30년을 보내고는, 간은 만신창이가 되고 등나무 의자 자국으로 파인애플 같은 등짝이 된 채로 귀국해, 2류 클럽의 따분한 사람으로 정착하는 것은 수지가 맞지 않는 거래이다. 다른 한편으로 사히브로그를 이상화하면 안 된다. 흔히 '제국의 전초기지'에 있는 남자들은 적어도 유능하고 근면하긴 하다고 여겨지지만, 착각이다. (산림국, 공공사업국 같은) 전문 지식을 요하는 기관이 아닌 데서 일하는 인도 주재 영국 공무원은 자기 일에 각별히 유능하지 않아도 된다. 그들 중에 영국 지방 소도시의 우체국장만큼이나마 일을 열심히 똑 부러지게 하는 사람은 드물다. 진짜 행정 업무는 주로 원주민 하급자가 한다. 게다가 전제정의

---

* Indian Empire(1877~1947). 영국의 식민제국으로, 영국 국왕이 인도 황제를 겸임했다.

진짜 중추는 공무원이 아니라 군대이다. 군대만 있다면, 공무원과 사업가는 바보라도 그럭저럭 탈 없이 해나갈 수 있다. 그리고 그들 대부분은 바보다. 25만 자루의 총검 뒤에서 자신의 아둔함을 소중히 간직하고 강화하는 둔하지만 예의 바른 자들이다.

그곳은 숨 막히고 사람을 우둔하게 만드는 세계이다. 모든 말과 생각이 검열되는 세계이다. 영국에서 이런 분위기는 상상조차 어렵다. 영국에서는 만인이 자유롭다. 우리는 공적으로 영혼을 팔고, 사적으로 친구들 사이에서 그것을 다시 사들인다. 하지만 모든 백인이 전제정의 톱니바퀴라면 이런 우정조차 존재하기 힘들다. 자유로운 대화는 상상도 할 수 없다. 다른 자유는 전부 허용된다. 술고래, 게으름뱅이, 겁쟁이, 험담꾼, 간통자가 될 자유는 있다. 하지만 자기 힘으로 생각할 자유는 없다. 중요하다고 생각되는 모든 주제에 대한 의견은 푸카 사히브*의 규약에 따라야 한다.

결국 반발심을 숨기는 일은 마치 은밀한 질병처럼 자신에게 해를 끼친다. 삶 전체가 거짓말로 가득 찬다. 해를 거듭해도 여전히 키플링들**이 우글거리는 조그만 클럽에 앉아 있다. 오른

---

* pukka sahib. 인도인들이 백인 지배자를 부르던 '위대한 주인 나리'라는 뜻의 존칭이다.

** 러디어드 키플링Rudyard Kipling(1865~1936)에 빗댄 표현이다. 《정글북The Jungle Book》으로 유명한 영국 소설가 키플링은 골수 제국주의자이자 인종주의자로서, 백인이 유색인종을 지배하여 문명

쪽에는 위스키를 왼쪽에는 핑컨*을 놓아둔 채, 빌어먹을 민족자결주의자들을 모조리 기름에 튀겨버려야 한다는 버저 대령의 이론을 경청하고 열렬히 동의하면서 말이다. 자신의 동양 친구들을 "알랑거리는 꼬마 바부"**라고 부르는 것을 듣고, 그들이 알랑거리는 꼬마 바부가 **맞다고** 순종적으로 인정한다. 갓 졸업한 막돼먹은 놈들이 백발의 하인을 걷어차는 것을 본다. 동포를 향한 증오로 불타오르는 순간이 온다. 그들의 제국을 피로 물들일 원주민 봉기를 갈망하는 순간이 온다. 그러나 여기에 고결함은 없으며, 진정성조차 거의 없다. 실제로 인도제국이 전제정이라고 해도, 인도 사람들이 협박받고 착취당한다고 해도, 무슨 상관이란 말인가? 당신은 그저 자신이 자유롭게 말할 권리가 부정당했다는 걸 문제 삼을 뿐이다. 당신은 전제정의 피조물인 푸카 사히브로서, 깨부술 수 없는 금기의 체계에 승려나 야만인보다 더 꽁꽁 묶여 있는 것이다.

화해야 한다는 "백인의 의무The White Man's Burden"라는 표현을 창시했다.

* Pink'un. 핑크색 종이에 인쇄되던 영국 일간지들의 주말판으로, 축구 등 스포츠 뉴스를 주로 실었다.
** babu. 영국이 인도를 통치하던 당시 인도인 공무원을 지칭하던 표현이다.

영국인들은 50만이나 되는
쓸모없는 한량들의 사치 생활을
유지해주기 위해 착취당하는 것은
순순히 받아들이더라도,

중국인에게 지배당할 바에는
최후의 1인까지 싸우려 할 것이다

《위건 부두로 가는 길》(1937) 중에서

나는 5년 동안 인도제국 경찰에서 일했다. 그만둘 무렵에는 내가 봉직한 제국주의에 대해 해명하기 어려운 냉소가 깃든 증오를 느꼈다. 영국의 자유로운 분위기에서는 이런 감정을 온전히 이해하긴 어렵다. (…) 독주에 절어 있는 늙은 고위 공직자 악당 같은 전혀 뜻밖의 인물들이 이런 말을 하는 걸 들어왔다. "물론 이 빌어먹을 나라에서 우리는 아무 권리도 없지. 젠장, 여기온 김에 그냥 있자고." 진실은, 현대인이라면 마음속 깊은 곳에선 그 누구도 외국을 침략해서 주민들을 힘으로 억누르는 일이 옳다고 생각하지 않는다는 것이다. 외국의 압제는 경제적 억압보다 훨씬 분명하고 이해하기 쉬운 죄악이다. 그래서 우리 영국인들은 50만이나 되는 쓸모없는 한량들의 사치 생활을 유지해 주기 위해 착취당하는 것은 순순히 받아들이더라도, 중국인에게 지배당할 바에는 최후의 1인까지 싸우려 할 것이다. 마찬가지로 양심의 가책도 전혀 없이 불로소득으로 살아가는 사람들이라도, 외국에 불청객으로 가서 주인 행세를 하는 짓이 잘못이란 건 또렷이 알고도 남는다. 그 결과 인도 거주 영국인은 모두 죄의식에 사로잡히지만, 보통은 최대한 숨긴다. 표현의 자유가 없으며, 선동적인 발언을 했다가 누군가 엿듣기라도 하면 이력에 흠집이 생길 수 있기 때문이다. 인도 곳곳에 자신이 그 일부로 살아가는 체제를 남몰래 혐오하는 영국인들이 있다. 때때로 마음 맞는 사람과 동석해 있다고 완전히 확신할 때에만, 감춰둔 냉소가 흘러나온다. 나는 교육청에서 일하던 남자와 기차에서 보낸 하룻밤을 기억한다. 끝내 이름도 알 수 없었던 생면부지였다. 너무 더워 잠들 수 없어서 밤새도록 이야기를 나눴다. 반 시간 정도 조심스레 이런저런 질문을 던진 후, 우리 둘 다 상대방이 '안전하다'는 확신이 섰다. 그러고 나서 기차가 덜컹거리며 칠흑 같은 밤을 천천히 가로지르는 몇 시간 동안, 맥주병을 쥐고 각자 침상에 걸터앉아 대영제국에 대한 욕을 늘어놓았다. 내부자들의 지적이고 은밀한 욕이었다. 그 대화로 둘 다 속이 후련해졌다. 하지만 우리는 금지된 것을 발설했기에, 초췌한 아침녘에 기차가 만달레이*로 서행해 들어갈 때 불륜 커플처럼 죄의식에 사로잡힌 채 헤어졌다.

* Mandalay. 버마(미얀마) 중부에 있는 도시이다.

이 전쟁의 가장 씁쓸한 결과 중 하나는
좌익 언론이 어느 모로 보나

우익 언론만큼 거짓되고
부정직함을 알게 된 것이다

《카탈로니아 찬가》(1938) 중에서

공산주의자들과 마르크스주의통일노동자당Partit Obrer d'Unificació
Marxista(POUM) 간의 다툼은 표면적으로는 전술을 둘러싸고 벌
어졌다. POUM은 즉각적 혁명을 지지했으나, 공산주의자들은
그렇지 않았다. 거기까지는 괜찮았다. 양쪽 모두 할 말이 많았다.
나아가 공산주의자들은 POUM의 프로파간다가 [인민전선]* 정
부군을 분열시키고 약화시켜서, 전황을 위태롭게 만든다고 주장
했다. 나는 종국적으로 이런 주장에 동의하지 않지만, 여기에도

* Popular Front. 1930년대 후반의 반파시즘 통일전선으로, 여기
  에서는 특히 스페인내전(1936~1939) 당시 프랑코Francisco
  Franco(1892~1975)의 스페인 국민전선에 대항한 인민전선을 뜻한다.

그럴 만한 이유는 있었다. 그러나 여기서 공산주의자들의 전술에 특유한 점이 끼어든다. 그들은 처음에는 머뭇거리다가 곧 목청을 높여서, POUM이 판단을 잘못해서가 아니라 고의적으로 정부군을 분열시키고 있다고 주장하기 시작했다. POUM은 은밀하게 프랑코와 히틀러를 위해 일하는 위장 파시스트 패거리에 지나지 않으며, 파시스트의 대의에 조력하기 위해 사이비 혁명 노선을 고집한다는 주장이었다. 즉 POUM이 "트로츠키주의자" 조직이자 "프랑코의 제5열"*이라는 것이다. 그런데 이는 최전방 참호에서 추위에 고생하는 8천 내지 1만 명의 군인과 흔히 생계와 국적까지 희생하면서 스페인으로 넘어와 파시즘에 맞선 수백 명의 외국인을 포함한 수만 명의 노동계급이 한낱 적군에 고용된 배신자에 불과하다는 뜻이다. 이런 이야기는 포스터 등을 통해 스페인 전역에 퍼졌고, 전 세계의 공산주의자 및 친공산주의 언론도 몇 번이고 반복했다. 만일 사례를 모은다면 그 인용으로만 책이 한 여섯 권은 나올 것이다.

그러니까 그들은 우리에 대해 이렇게 말했다. 우리가 트로츠키주의자, 파시스트, 배신자, 살인자, 겁쟁이, 간첩 따위라는 것이다. 물론 유쾌하지 않은 일이었다. 특히 이런 일에 대해 책임져야 할 몇몇 사람들을 생각하자면 그렇다. 들것에 실려 전

---

* 스페인내전 당시 프랑코가 지휘하는 반정부군 4개 부대 외에, 인민전선 정부 내에서 그에게 동조하는 세력을 지칭하여 '적과 내통하는 사람'이라는 의미로 "제5열 fifth column"이라고 불렀다.

선에서 내려오는 열다섯 살 난 스페인 소년의 멍한 하얀 얼굴이 담요 틈으로 내다보는 것을 보면서, 이 소년이 위장한 파시스트라고 증명하기 위해 소책자를 쓰고 있는 런던과 파리의 번지르르한 작자들을 떠올리는 일은 그리 유쾌하지 않다. 전쟁의 가장 끔찍한 특성 중 하나는 모든 전쟁 프로파간다, 모든 땍땍거림과 거짓말과 증오는 언제나 싸우지 않는 자들에게서 나온다는 사실이다. 전선에서 알게 된 카탈로니아 통일사회당Partit Socialista Unificat de Catalunya(PSUC) 민병대원들, 가끔 만났던 국제여단*의 공산주의자들은 절대로 나를 트로츠키주의자나 배신자라고 부르지 않았다. 그런 일은 후방에 있는 기자들 몫이었다. 우리에게 반대하는 소책자를 쓰고 신문을 통해 비방했던 자들은 모두 자기 집에 안전하게 있거나, 최악의 경우라도 총알과 진흙에서 수백 마일은 떨어진 발렌시아의 신문사 사무실에 머물러 있었다. 그리고 정당 간 반목으로 빚어지는 비방 외에도, 전쟁에 대한 흔해빠진 소리들, 거창한 열변, 과장된 말, 적을 향한 욕설 등은 늘 그렇듯 몽땅 싸우지 않는 자들, 또 대부분 싸우느니 차라리 100마일쯤 달아나는 자들이 내뱉는다. 이 전쟁의 가장 씁쓸한 결과 중 하나는 좌익 언론이 어느 모로 보나 우익 언론만큼 거짓되고 부정직함을 알게 된 것이다.

---

* International Brigades. 스페인내전 당시 인민전선 정부를 돕기 위해 연대한 국제적인 좌파 의용군이다.

다 같이 모여서 ¬

└ 실컷 증오하자

《숨 쉬러 나가다》(1939년)[*] 중에서

힐다는 좌파독서클럽^{**} 모임에 갈 거라고 했다. 강연하러 런던에서 내려오는 녀석이 있는 듯했다. 물론 힐다가 무엇에 대한 강연인지 몰랐다는 건 두말할 필요가 없었다. 나는 같이 가겠노라고 말했다. 평상시 나는 강연에 가는 걸 좋아하지 않았다. 하지만 그날 아침에 기차 위로 날아가는 폭격기를 보았을 때부터 전

---

* 《숨 쉬러 나가다 Coming Up for Air》는 오웰이 폐결핵으로 프랑스령 모로코의 마라케시에서 요양하던 시기에 쓴 장편소설이다.

** The Left Book Club. 1936년 스태퍼드 크립스 Stafford Cripps, 빅터 골란츠 Victor Gollancz, 존 스트레이치 John Strachey가 설립한 영국의 좌파 교육 단체이다. 본문에 등장하는 힐다는 주인공의 아내이다.

쟁의 광경을 떠올렸기 때문에, 어떤 사색의 분위기에 잠기게 된 것이다. 평상시처럼 입씨름을 거쳐 아이들이 일찌감치 잠자리에 들게 했고, 여덟 시에 시작될 강연에 맞춰 출발했다.

안개 자욱한 저녁이었다. 강당은 싸늘하고 조명은 어두웠다. 양철 지붕의 아담한 목조 강당은 비非국교도 종파인가 하는 데의 소유였는데, 10실링이면 대관할 수 있었다. 보통 그렇듯이 열대여섯 명가량이 와 있었다. 강단 앞쪽에는 강연 주제가 "파시즘의 위협"이라고 알려주는 노란 현수막이 걸려 있었다. (…)

처음에는 강연을 제대로 듣지 않고 있었다. 강연자는 인상이 나쁜 왜소한 사내였지만, 꽤 달변이었다. 허연 얼굴에 재빠르게 입을 놀려댔고, 쉴 새 없이 말을 해서 꽤나 걸걸해진 목소리였다. 당연하게도 히틀러와 나치에 맹비난을 퍼붓고 있었다. 그가 하는 말을 그리 열심히 들으려 하진 않았다. 매일 아침 《뉴스 크로니클》*에서 보던 내용과 똑같았기 때문이다. 그의 목소리는 기계가 윙윙대는 듯했고, 이따금 툭 튀어나오는 구절만 주의를 끌었을 뿐이다.

"짐승 같은 잔혹 행위 … 흉측한 사디즘의 폭발 … 고무 경찰봉 … 강제수용소 … 부당한 유대인 박해 … 암흑기로의 회귀 … 유럽 문명 … 너무 늦기 전에 행동하라 … 모든 점잖은 사람들의 분노 … 민주주의 국가들의 동맹 … 단호한 태도 … 민주

---

* *News Chronicle*. 1930~1960년에 런던에서 발행되던 일간지이다.

주의 수호 … 민주주의 … 파시즘 … 민주주의 … 파시즘 … 민주주의 …"

대사는 뻔하다. 이런 작자들은 몇 시간이고 이런 말을 쏟아낼 수 있다. 마치 축음기처럼. 손잡이를 돌리고 버튼을 누르면 시작한다. 민주주의, 파시즘, 민주주의. 하지만 그를 바라보는 건 왠지 재미있었다. 대머리에 허연 얼굴을 한 인상이 나쁜 왜소한 작자가 강단에 서서 구호를 연거푸 쏟아내고 있었다. 뭘 하는 거지? 꽤 의도적이고 꽤 공공연하게 증오를 선동하고 있다. 파시스트라 불리는 어떤 외국인들을 증오하게 만들려고 발버둥치는 중이다. '유명한 반反파시스트주의자 아무개 씨'로 알려지는 것은 내 생각에 기묘한 일이다. 반파시즘은 기묘한 장사이다. 추측건대 이 사내는 히틀러에 반대하는 책을 써서 먹고살 것이다. 그런데 히틀러가 등장하기 전에는 무엇을 했을까? 히틀러가 사라지기라도 한다면 무슨 일을 할까? 물론 의사, 형사, 쥐잡이꾼 등에게도 똑같은 질문을 할 수 있다. 그렇지만 걸걸한 목소리는 부단히 이어졌고, 다른 생각이 떠올랐다. 그는 **진심이다**. 전혀 꾸며내는 것이 아니라, 자기가 하는 말 한마디 한마디를 절실히 느끼고 있다. 청중에게 증오를 불러일으키려 애쓰고 있지만, 그건 그 자신이 느끼는 증오에 비하면 아무것도 아니다. 모든 구호가 그에겐 복음의 진리이다. (…)

나는 강연에서 실제로 하는 말을 더는 듣지 않고 있었다. 하지만 듣는 데는 여러 방법이 있다. 잠시 눈을 감았다. 그 효과는 기이했다. 목소리만 들을 수 있게 되자, 그 사내가 한결 잘 보이는 듯했다. 그 목소리는 2주 동안은 멈추지 않고 계속될 수 있을 것처럼 들렸다. 몇 시간씩 프로파간다를 쏟아내는 인간 손풍금 같은 것이 있다니, 정말로 섬뜩한 일이다. 똑같은 말이 누누이 반복된다. 증오하라, 증오하라, 증오하라. 다 같이 모여서 실컷 증오하자. 거듭 반복된다. 그러면 머리통 속에 무언가가 들어와서 뇌에 망치질을 해대는 느낌이 든다. 그러나 눈을 감은 잠깐 사이 가까스로 판을 뒤집을 수 있었다. 내가 **그의** 머리통 속으로 들어갔다. 특이한 감각이었다. 1초가량 나는 그의 안에 있었고, 거의 내가 그 사내**였다**고 말할 만했다. 어쨌든 나는 그가 느끼는 것을 느꼈다.

그가 보고 있던 광경을 보았다. 말로 옮기기에는 곤란한 종류의 광경이었다. 그가 **말하고 있는** 것은 그저 히틀러가 우리를 추격해오고 있으니, 모두 모여 실컷 증오해야 한다는 것이다. 세세한 내용까지 들어가지는 않는다. 점잔 빼면서 모든 것을 남겨둔다. 그러나 그가 **보고 있는** 것은 사뭇 다르다. 그건 스패너로 사람들의 얼굴을 뭉개버리는 자신의 모습이다. 물론 파시스트의 얼굴이다. 나는 그가 그것을 보고 있다는 걸 **안다**. 나는 그의 안에서 1~2초 동안 그 광경을 직접 보았다. 퍽! 바로 한가운데를! 뼈가 계란 껍데기처럼 함몰되고, 1분 전까지만 해도 얼굴이던 것이 그저 아주 큼직한 딸기잼 덩어리가 되고 만다. 퍽! 다시 한 방 간다! 이것이야말로 자나 깨나 그의 마음속에 있던 광경이다.

그는 그걸 더 많이 생각할수록 더 좋아진다. 그리고 그래도 무방하다. 뭉개진 건 파시스트의 얼굴이기 때문이다. 그의 어조에서 이 모든 것을 들을 수 있다.

하지만 왜 그래야 할까? 가장 그럴듯한 설명은 그가 겁을 먹었기 때문이라는 것이다. 근래에 생각하는 사람은 모조리 두려움에 굳어 있다. 이 친구는 충분한 선견지명이 있기 때문에 다른 사람들보다 조금 더 겁을 먹었을 뿐이다. 히틀러가 우리를 쫓아온다! 어서! 스패너를 들고 다 같이 모이자. 우리가 충분히 많은 얼굴을 뭉갠다면, 그들이 우리 얼굴을 뭉개지 못할 것이다. 단결하여 수령을 뽑자. 히틀러는 검고 스탈린은 희다. 하지만 그 반대일 수도 있다. 저 왜소한 작자의 머릿속에서는 히틀러와 스탈린이 같기 때문이다. 둘 다 스패너와 뭉개진 얼굴을 의미하는 것이다.

전쟁이다! 나는 전쟁에 대해 다시 생각하기 시작했다. 전쟁은 곧 닥칠 것이다. 그건 확실하다. 하지만 누가 전쟁을 두려워하는가? 다시 말해 누가 폭탄과 기관총을 두려워하는가? "바로 너"라고 당신들은 말하겠지. 그렇다. 나는 두렵다. 폭탄과 기관총을 한 번이라도 본 적이 있는 사람은 누구든지 두려울 것이다. 그러나 중요한 것은 전쟁이 아니라 전후戰後다. 우리가 빠져들고 있는 세계, 일종의 증오의 세계이자 구호의 세계. 유색 셔츠,* 철조망, 고무 경찰봉. 밤이고 낮이고 전등이 켜진 비밀 감방, 잠든 당신을 감시하는 형사들. 그리고 행진, 거대한 얼굴이 그려진 포스터, 수령에게 환호하는 100만 군중. 그러다가 이들은 스스로 귀를 막고 수령을 참으로 숭배한다는 생각에 빠지지만, 내심으론 언제나 그를 너무나 증오한 나머지 토하고 싶을 것이다. 이 모든 일이 벌어지리라. 그렇지 않은가? 어떤 날은 이런 일이 일어날 수 없다고 생각하지만, 다른 날은 그것을 피할 수 없다고 생각한다. 어쨌든 그날 밤 나는 이런 일이 일어나리란 걸 알았다. 그 왜소한 강연자의 목소리에 모든 게 고스란히 담겨 있었다.

* 독일 나치 당원의 갈색 셔츠와 이탈리아 파시스트 당원의 검은 셔츠를 암시한다.

소설로는 평범하더라도

역사책으로는 훌륭하다

업튼 싱클레어*의 《세계의 종말》 서평(《트리뷴》, 1940년 9월 13일) 중에서

나는 업튼 싱클레어가 꽤 훌륭한 소설가인지 아주 나쁜 소설가
인지를 지금껏 결정 내릴 수 없었다. 하지만 그의 소설을 여러
해 동안 내리 읽었다는 것 자체가, 그의 소설을 읽을 때 다른 작
가의 소설을 읽을 때만큼 즐거웠는지 묻는 질문에 대한 답변인
셈이다. 각설하고, 소설이란 무엇인가? 《톰 존스》, 《아들과 연
인》, 《신사는 금발을 좋아해》, 《타잔》**이 모두 소설로 분류된

---

* Upton Sinclair(1878~1968). 《정글The Jungle》, 《용의 이빨
Dragon's Teeth》, 《석탄왕King Coal》 등을 쓴 미국의 소설가이자 사
회운동가이다.

** 《톰 존스Tom Jones》. 영국 작가 헨리 필딩 Henry Fielding의 1749

다는 사실만으로도, 소설이라는 범주가 얼마나 모호한지를 보여주기에 모자람이 없다.

역시 소설로 분류되는 싱클레어의 책들은 사실 전도지*이다. 즉 예스러운 종교적 전도지의 사회주의적 각색인 셈인데, 여기서는 파멸의 길로 접어든 젊은 남자가 절절한 설교를 듣고 나서는 코코아보다 독한 건 절대 마시지 않게 된다. 이런 작품들이 종종 지니는 문학적 힘은 그 작가가 자신의 작품을 믿는다는 사실로부터 온다. 분명 그 작품들이 실제 삶에 대한 어떤 지식이나 등장인물에 대한 어떤 감각을 보여주기 때문은 아니다. 싱클레어도 마찬가지다. 히브리 예언자들처럼 그도 세상이 죄로 가득함을 알고 있다. 그리고 이야기 형태로 주조되면서 얻는 것보다 잃는 것이 많을 일련의 거창한 설교들에 생명을 불어넣는 것은 그의 도저한 감수성이다.

싱클레어는 각각 다른 시기에 언론, 석탄 무역, 육류 무역, 석유 무역 및 여타 내가 잊어버린 것들에 대해 '폭로'하는 글을 썼다. 이번 《세계의 종말 World's End》은 부정한 무기 매매에 대

년 작품, 《아들과 연인 Sons and Lovers》은 영국 작가 D. H. 로렌스 David Herbert Lawrence의 1913년 작품, 《신사는 금발을 좋아해 Gentlemen Prefer Blondes》는 미국 작가 애니타 루스 Anita Loos의 1925년 작품, 《타잔 Tarzan of the Apes》은 미국 작가 에드거 라이스 버로스 Edgar Rice Burroughs의 1914년 작품이다.

* tract. 종교적, 도덕적, 정치적 의견을 담은 소책자이다.

한 폭로다. 주인공 래니 버드가 재능 있고 인정 많은 미국 소년이고, 기관총과 수류탄을 비롯한 살인 도구를 거래하는 아버지의 사업이 번창한 덕에 퍽 세련된 유럽 사교계에서 자랐다는 것을 안다면, 줄거리를 대충 아는 셈이다. 싱클레어 책이 다 그렇듯이 이 책도 엄밀히 따지면 플롯은 없고 사회적 주제의 개진만 있으며, 이 주제에 대한 한 개인의 의식이 성장하여 마지막 장쯤에 사회주의로 전향한다는 줄거리만 있다.

그러나 싱클레어의 뛰어난 점은 그가 말하는 사실들에 있다. 그는 아마도 우리 시대의 어떤 작가보다도 많은 부조리를 폭로했을 것이다. 그리고 분명 그는 언제나 진실 이상을 말하지 않으며, 심지어 다수 진실 이하를 말한다. (이 책에는 실존하는 저명인사들이 등장하는데) 배질 자하로프 경*을 비롯한 이들이 자행한 뻔뻔스러운 사기 행각과 자기 이익을 위해 고의적으로 전쟁을 퍼뜨리는 짓에 대한 상세한 설명이 더할 나위 없이 정확하다는 점을 나는 의심치 않는다. 어느 누구도 지금까지 싱클레어를 상대로 명예훼손 소송에서 이긴 적이 없다. 그가 행한 고발들을 감안한다면, 이 사실은 오늘날의 사회에 대해 무언가를 말해준다.

자본주의에 대한 싱클레어의 고발장이 이미 전향한 이들 외의 사람들에게 강한 인상을 준 적이 있는지 없는지는 다른 문

* Basil Zaharoff(1849~1936). "죽음의 상인"으로 불린 그리스 무기상이다.

제이다. 대표작이자 초기작인 《정글》은 시카고 정육 공장의 노동 환경에 대한 끔찍한 폭로로서, 진정으로 마음을 움직인다. 그 이유가 가난한 유럽 소작농들이 꾐에 빠져 미국으로 건너가 죽을 때까지 공장에서 노역에 시달리는 운명 자체가 측은했기 때문이라면 좋았을 것이다. 하지만 그 책에서 폭로한 내용 가운데 정말로 대중의 마음을 파고든 것은 딱 하나뿐이다. 정육 공장의 환경이 더럽고, 자주 감염된 가축 사체가 판매된다는 사실 말이다. 노동자의 고초는 간과되어버렸다. 훗날 업튼 싱클레어는 이렇게 썼다. "나는 대중의 심장을 겨냥했지만, 그들의 위장을 맞혔다." 이제는 사라져버린 사회상을 다루는 《세계의 종말》로 싱클레어가 인간 신체 중 어느 부위라도 맞힐 수 있을지는 의문스럽다. 그러나 이 책은 어떤 흥미진진한 망나니짓들을 기록한다. 소설로는 평범하더라도 역사책으로는 훌륭하다.

신문의 고질적 거짓말은
정평이 나 있다.

┐

하지만 어느 정도 이상의 거짓말은
할 수 없다는 것도 널리 알려져 있다

└

해들리 캔트릴의 《화성으로부터의 침공》* 서평
(《더 뉴 스테이츠먼 앤드 네이션》, 1940년 10월 26일) 중에서

얼추 2년 전쯤 오슨 웰스Orson Welles는 뉴욕 CBS 방송국에서 H.
G. 웰스Herbert George Wells의 과학소설 《우주 전쟁 The War of the
Worlds》에 기반한 라디오 극을 제작했다. 그 방송이 짓궂은 장난
을 의도하진 않았지만, 놀랍고 어처구니없는 결과를 가져왔다.
수천 명이 뉴스 방송으로 오해해서, 미국을 침공한 화성인이 30
미터 높이의 강철 다리로 시골 지역을 가로질러 행진하면서 열

---

    *   프린스턴 대학의 심리학자 해들리 캔트릴Hadley Cantril이 1938년
에 라디오 극으로 인해 벌어진 소동을 연구하여 발표한 《화성으로
부터의 침공: 공황의 심리학에 대한 연구 The Invasion from Mars: A
Study in the Psychology of Panic》(1940)를 말한다.

광선으로 모두를 학살하고 있다고 몇 시간 동안 정말 믿은 것이다. 일부 청취자는 공황 상태에 빠져서 서둘러 차를 몰고 도망가기도 했다. 물론 정확한 수치를 얻을 수는 없지만, (프린스턴 대학의 한 연구팀에서 실시한) 이 조사의 편찬자[해들리 캔트릴]에게는 600만 명쯤이 그 방송을 들었고 그중 100만이 훨씬 넘는 사람들이 어느 정도 공황에 휩싸였다고 여길 근거가 있었다.

당시 이 사건은 전 세계에서 우스갯거리로 여겨졌고, 어수룩한 '저 미국인들'에 대한 논평이 많이 나왔다. 하지만 해외에서 나온 설명은 대부분 다소 그릇된 것이다. 오슨 웰스의 방송 대본 전체가 공개되었는데, 오프닝 멘트와 마지막 대화 일부를 제외하고는 극 전체가 속보 형식으로, 즉 표면적으로는 방송국 이름이 붙은 진짜 속보 형식으로 진행된 것으로 보인다. 이런 유의 극을 제작하는 방법으로 퍽 자연스럽다. 하지만 극이 시작된 후 우연히 라디오를 켠 많은 사람이 뉴스 방송을 듣고 있다고 생각한 것도 자연스러운 일이었다. 그러므로 거기에는 서로 독립적인 두 가지 믿음이 작용했다. 하나는 그 극이 뉴스 속보라는 믿음이고, 나머지 하나는 뉴스 속보는 진실로 여길 수 있다는 믿음이다. 그리고 우리가 검토하는 관심사는 바로 이것이다.

미국에서 뉴스의 주요 전달 수단은 무선이다. 허다한 방송국이 있고, 사실상 모든 가정에 라디오가 있다. 저자들은 심지어 신문 구독보다 라디오 소유가 더 일반적이라는 놀라운 사실을 전한다. 그러므로 이 사건을 영국에 대입하자면, 화성인 침공

기사가 석간신문 1면을 장식하는 장면을 상상해야 할지도 모른다. 그런 일은 두말할 나위 없이 엄청난 소란을 일으킬 것이다. 신문의 고질적 거짓말은 정평이 나 있다. 하지만 어느 정도 이상의 거짓말은 할 수 없다는 것도 널리 알려져 있다. 그리고 화성으로부터 원통형 물체가 도착했다고 알리는 대문짝만한 머리기사를 신문에서 읽은 사람은 아마 누구라도 믿을 것이며, 어쨌든 사실 확인을 할 시간이 몇 분이라도 필요할 것이다.

그러나 정말 놀라운 건 어떤 식으로든 확인을 하려던 청취자가 소수였다는 점이다. 해당 조사의 편찬자는 방송을 뉴스 속보로 오해한 250명에 대해 상세히 서술했다. 그중 3분의 1 이상은 어떤 사실 확인도 시도하지 않았다. 세상의 종말이 다가온다고 듣자마자 무비판적으로 수용한 것이다. 소수는 실은 독일이나 일본의 침공이리라 생각했지만, 대다수는 화성인이라고 믿었다. 그리고 여기에는 이웃으로부터 고작 "침공"이라는 말만 들은 사람들과, 심지어 처음에는 자신이 라디오 극을 듣고 있다는 걸 알았던 소수까지 포함된다. (⋯)

이 조사는 사람들을 엄습한 공황에 대한 단 하나의 포괄적인 이유를 밝히진 못했다. 다만 이 조사를 통해 확실해진 것은 가난한 사람들, 제대로 교육받지 못한 사람들, 무엇보다도 경제적으로 불안정하거나 사생활이 불행한 사람들이 가장 쉽게 영향을 받는다는 사실이다. 개인적인 불행과 믿기 힘든 것을 기꺼이 믿으려는 태도 사이의 명백한 연관성이 가장 흥미로운 발견이다. "세상 모든 게 엉망이라, 뭔 일이든 일어날 수 있을 것 같았어요" 혹은 "어차피 다 같이 죽는 거니까 괜찮다고 생각했어요" 같은 말은 그 설문에서 놀랄 만큼 공통적인 대답이었다. 실직했거나 10년 동안 파산 직전이던 사람들은 사실 문명의 종말이 다가온다는 말에 안도할 수도 있다. 이는 모든 국가가 스스로를 어떤 구세주의 품에 내던지도록 유혹해온 사고의 틀과 닮았다.

세상에서 가장 쉬운 취미의 하나는

민주주의의 허점 드러내기이다

〈파시즘과 민주주의〉(《더 레프트 뉴스》, 1941년 2월) 중에서

세상에서 가장 쉬운 취미 중 하나는 민주주의의 허점 드러내기이다. 이 나라에서는 대중 정치에 반하는 한낱 반동적인 주장에는 더 이상 신경 쓸 필요가 거의 없다. 그러나 지난 20년 동안 '부르주아' 민주주의는 파시스트와 공산주의자 양쪽으로부터 가일층 교묘하게 공격을 받았다. 여기서 대단히 의미심장한 사실은 겉보기엔 서로 적인 이 둘이 똑같은 근거로 공격했다는 점이다. 물론 파시스트가 보다 뻔뻔한 프로파간다를 통해, 민주주의가 "최악의 인간들을 정상에 올려놓는다"라는 귀족주의적 논거를 편의에 따라 사용하는 것은 맞다. 하지만 모든 전체주의 옹호자의 기초적 주장은 민주주의가 사기라는 것이다. 민주주의가

한 줌의 부자들의 지배를 은폐하는 데 불과하다는 주장이다. 이는 대체로 틀린 말은 아니며, 명백히 틀렸다고 하기는 더더욱 힘들다. 그렇지만 민주주의에는 반대할 거리보다 찬성할 거리가 많다. 열여섯 살짜리 학생도 민주주의에 대한 방어보다 공격에 훨씬 능하다. 이런 학생에게 대응하려면, 반민주적인 '사례'를 익히 알고, 그것에 담긴 상당한 진실을 기꺼이 인정해야 한다.

우선 '부르주아' 민주주의가 경제적 불평등에 의해 허구성이 입증된다며 반대하는 주장이 항상 있다. 하루 열두 시간씩 일하고 주급 3파운드를 받는 사람에게 소위 정치적 자유가 무슨 소용인가? 그는 지지하는 당에 5년에 한 번 투표할 기회가 있다. 하지만 나머지 시간 동안은 사실상 삶의 온갖 사소한 일까지 고용주에게 휘둘린다. 그리고 실제로는 정치적 삶 역시 휘둘린다. 부유한 계급은 주요 내각과 공직을 모조리 수중에 넣고, 직간접적으로 유권자를 매수하여 자기에게 유리하도록 선거제도를 운영할 수 있다. 운 나쁘게 빈곤층을 대변하는 정부가 집권하는 경우에도, 부자들은 보통 자본을 해외로 유출하겠다고 협박해서 그 권력을 강탈할 수 있다. 무엇보다 중요한 것은 부자들이 공동체의 문화적이고 지적인 삶(신문, 서적, 교육, 영화, 라디오)을 대부분 통제하면서, 결사적으로 특정 이념이 퍼지지 않게 막으려 한다는 사실이다. 민주주의 국가의 시민은 날 때부터 줄곧 '길들여져' 있는데, 그 방식은 전체주의 국가보단 덜 엄격하지만 그 못지않게 효과적이다.

언젠가 특권계급의 지배가 순전히 민주적인 수단에 의해 깨질 수 있는지는 장담할 수 없다. 이론적으로는 노동당 정부가 절대다수의 표를 얻어 집권하고, 그 즉시 의회에서 법령을 제정하여 사회주의를 수립할 수도 있다. 그러나 실제로는 부유한 계급이 저항할 것이고, 아마 그 저항은 성공할 것이다. 왜냐하면 종신직 공무원과 군부 핵심이 대부분 그들 편일 것이기 때문이다. 민주적인 방식은 모든 정당 간의 합의에 상당 정도 기반할 경우에만 가능하다. 언젠가 정녕 근본적인 변화를 평화적으로 이룰 수 있으리라 여길 확실한 이유는 없다.

다시 말해 부유한 계급이 더 이상 피고용인에게 양보할 수 없는 처지가 되면, 민주주의의 모든 겉모습(언론의 자유, 집회의 자유, 독립적인 노동조합 등)은 곧 붕괴하리라고 흔히 주장한다. 세평에 의하면, 정치적 '자유'는 한마디로 뇌물이고, 피만 안 흘리지 게슈타포*의 대체재이다. 이른바 민주적인 국가가 보통 번영하는 것은 사실이다(그런 국가는 대부분 직접적으로든 간접적으로든 유색인종의 값싼 노동을 착취한다). 그리고 우리가 아는 한 민주주의는 해양국가나 산악국가, 즉 대규모 상비군 없이도 국방이 가능한 국가 외에는 존재한 적이 없었다. 민주주의는 유리한 생존 조건을 수반하는, 아니 아마도 요구하는 것이다. 민주주

---

* Gestapo. 독일 나치의 비밀국가경찰 Geheime Staatspolizei의 약자이다.

의는 빈곤하고 군국화된 국가에서는 한 번도 번성한 적이 없다. 영국은 위험으로부터 보호받는 위치가 아니라면, 지체 없이 루마니아만큼 잔혹한 정치 체제로 전락할 것이라고 평가되기도 한다. 더구나 민주주의건 전체주의건 모든 정부는 궁극적으로 힘에 기초한다. 모든 정부는 자기 체제의 전복을 의도적으로 묵인하지 않는 한, 심각한 위협을 받으면 민주적 '권리'에 최소한의 존중도 보여줄 수 없거나 보여주지 않는다. 절박한 전쟁을 치르는 민주주의 국가는 독재국가나 파시스트 국가 못지않게 징병, 징용, 패전주의자 구금, 선동적 신문에 대한 억압을 할 수밖에 없다. 달리 표현하면 민주국가는 더 이상 민주적이지 않아야만 망하지 않을 수 있다. 싸움의 명분이라 여겨지던 것은 늘 싸움이 시작되는 순간 사라져버린다.

대충 요약했지만, 파시스트와 공산주의자가 내세우는 '부르주아' 민주주의에 대한 반대 논거는 서로 강조점만 달랐지 똑같다. 모든 요점이 많은 진실을 담고 있다고 인정할 수밖에 없다. 그럼에도 그건 결국 틀렸다. 왜 그런가? 민주주의 국가에서 자란 사람이라면 모두 이런 논증 방식이 전체적으로 무엇인가 그릇됨을 거의 본능적으로 알기 때문인가?

민주주의의 허점을 드러내는 이런 익숙한 주장에서 그릇된 점은 그런 사실들이 이루는 전체를 설명할 수 없다는 것이다. 국가들 간에 사회 분위기와 정치 행태의 현실적 차이는 법률, 관습, 전통 등을 한낱 "상부구조"라고 평가절하하는 이론*이 설명할 수 있는 차이보다 월등히 크다. 이론적으로 민주주의나 전체주의나 '똑같다'(혹은 '똑같이 나쁘다')고 입증하기는 식은 죽 먹기다. 독일에는 강제수용소가 있다. 하지만 [영국령] 인도에도 강제수용소가 있다. 파시즘이 통치하는 곳에서는 늘 유대인을 박해한다. 하지만 남아프리카공화국의 유색인종 관련 법은 어떠한가? 전체주의 국가에서 지적인 정직성은 범죄이다. 하지만 영국에서도 진실을 말하고 쓰는 일은 그렇게 이득이 되지 않는다. 이런 비교는 무한정 확장할 수 있다. 하지만 모든 논의에 암시된 주장은 오십보백보라는 것이다. 예를 들어 민주국가에 정치적 박해가 있음은 전적으로 진실이다. 문제는 그것이 어느 정도인가이다. 지난 7년 동안 영국에서, 혹은 대영제국 전체에서 망명한 사람은 얼마나 되는가? 그에 비해 독일에서 망명한 사람은 얼마나 되는가? 지인 중 고무 경찰봉으로 구타당하거나 피마자유 몇 파인트를 억지로 삼킨[**] 사람은 몇 명인가? 동네 술집에서 이건 자본가들의 전쟁이니 중단시켜야 한다는 의견을 말하면서 얼마나 위협을 느끼는가? 6월 숙청,[***] 러시아의 트로츠키주

---

[*] 생산력과 생산관계 등의 경제 영역을 사회의 '토대'로, 여타 영역인 사상, 종교, 문화, 제도, 정치권력 등을 '상부구조'로 파악하는 마르크스주의를 뜻한다.

[**] 이탈리아 파시스트들이 반대하는 사람들에게 강제로 피마자유를 먹인 일에 빗대고 있다.

[***] 1934년 6월 30일~7월 2일에 히틀러가 돌격대 사령관 에른스트 룀 Ernst Röhm 등을 숙청한 이른바 '장검의 밤 Nacht der langen Messer'

의자 재판, 라트 암살 후의 집단 학살*과 비견할 만한 일을 최근 영국이나 미국의 역사에서 들추어낼 수 있는가? 내가 지금 쓰고 있는 이런 기사가 적색 국가이든, 갈색 국가이든, 흑색 국가이든,** 전체주의 국가의 신문에 실릴 수 있을까?

을 뜻한다.

* 1938년 11월 나치의 파리 주재 하급 외교관이던 에른스트 폼 라트 Ernst vom Rath가 유대인에게 저격당해 숨진 후, 1938년 11월 9일 밤에 일어난 이른바 '수정의 밤Kristallnacht' 사건과 그 이후의 홀로코스트를 뜻한다.

** 각각 소련, 독일, 이탈리아를 뜻한다.

최근까지는 모든 인간이
서로 매우 비슷하다고

　　　　　　　가식적으로 주장하는 일이
　　　　　　　　　옳다고 여겨져 왔다

《사자와 일각수》(1941년)[*] 중에서

내가 이 글을 쓰는 동안 고도로 문명화된 인간들이 내 머리 위로 날아다니며 나를 죽이려 하고 있다. 그들이 한 개인으로서의 나에게 적대감을 느끼는 것은 아니다. 나 또한 그들에게 적대감이 없다. 흔히 말하듯 그들은 '임무를 수행할 뿐'이다. 의심의 여지 없이 그들 중 대다수는 사생활에서 살인은 꿈조차 꿔본 적 없는 친절하고 준법정신이 투철한 사람일 것이다. 반면에 그들 중 누

---

[*] 《사자와 일각수: 사회주의와 영국의 재능 The Lion and the Unicorn: Socialism and the English Genius》은 오웰이 전시에 파시즘에 대항하여 애국심을 고취하려는 목적으로 발간한 산문집으로, "사자와 일각수"는 영국 왕실 문장에 들어 있는 대영제국의 상징이다.

군가가 정확하게 폭탄을 떨어뜨려 나를 산산조각 내는 데 성공해도, 그 때문에 잠을 설치지는 않을 것이다. 그는 조국에 봉사하고 있으며, 이 점은 죄를 사하는 힘을 지닌다.

현대 세계를 있는 그대로 보려면 애국심, 즉 국가에 대한 충성심이 지니는 압도적 힘을 인식해야 한다. 그것은 특정한 형국에서는 약해질 수도 있고, 특정한 문명 단계에서는 아예 존재하지 않는다. 하지만 실재하는 힘으로서 그와 견줄 만한 것은 아무것도 없다. 기독교와 국제사회주의는 그에 비교하면 지푸라기처럼 허약하다. 히틀러와 무솔리니가 집권한 주된 이유는, 이들이 이 사실을 철저히 이해한 반면 정적들은 그러지 못했기 때문이다.

또한 국가 간의 구분은 세계관의 실제적 차이에 기반한다고 인정해야 한다. 최근까지는 모든 인간이 서로 매우 비슷하다고 가식적으로 주장하는 일이 옳다고 여겨져 왔다. 하지만 사실 눈 달린 사람이라면 나라마다 인간의 평균적 행동 방식이 엄청나게 다르다는 것을 안다. 어떤 나라에서는 일어날 수 있는 일이 다른 나라에서는 일어날 수 없다. 예를 들어 히틀러의 6월 숙청은 영국에서는 일어날 수 없었을 것이다. 그리고 다른 서구 민족들과 비교할 때, 영국인은 상당히 독특하다. 이런 사실은 대부분의 외국인이 우리 영국의 생활 방식에 거부감을 느끼는 데서 은연중에 드러난다. 소수 유럽인만 영국 생활을 견딜 수 있고, 미국인조차 흔히 [영국보다는] 유럽 대륙을 더 편하게 느낀다.

외국에서 영국으로 돌아오는 즉시 공기가 다르다고 느낀다. 처음 몇 분 만에 수많은 소소한 것들이 모여서 이런 느낌을 주는 것이다. 맥주는 더 쓰고, 동전은 더 무겁고, 풀은 더 녹색이며, 광고는 더 노골적이다. 얼굴이 순하고 우툴두툴한 데다 치열이 고르지 않고 거동이 점잖은 도시의 군중은 유럽의 군중과 다르다. 그러고 나서는 영국의 광대함이 당신을 삼키고, 국가 전체가 하나의 알아볼 수 있는 특징을 갖는다는 감각을 잠시 잃는다. 국가 같은 게 정말로 실재하는 걸까? 우리는 4600만 명의 개인, 모두가 서로 다른 개인이 아닌가? 그리고 이 다양성과 혼란이란! 랭커셔의 제분소 마을의 나막신 소리, 그레이트 노스 로드*를 오가는 트럭들, 노동거래소Labour Exchanges 앞의 대기 줄, 소호** 지역 술집의 핀볼머신이 달그락거리는 소리, 자전거로 가을 아침 안개를 뚫고 성찬식에 가는 노처녀들. 이 모든 것은 영국적 광경의 단편들, 특히나 영국에 특유한 단편들이다. 이러한 혼돈으로부터 어떻게 하나의 양식을 찾아낼 수 있겠는가?

하지만 외국인과 대화하고 외국 책이나 신문을 읽으면, 늘 같은 생각으로 돌아온다. 그렇다. 영국 문명에는 특이하고 식별 가능한 무언가가 있다. 스페인 문화만큼 독자적인 문화다. 왠

---

*   Great North Road. 잉글랜드의 런던과 스코틀랜드의 에든버러를 잇는 영국의 주요 종단 도로이다.

**   Soho. 런던 중심의 번화가이다.

지 모르겠지만, 그것은 푸짐한 아침 식사와 우울한 일요일, 연기 자욱한 마을과 구불구불한 길, 푸른 들판과 빨간 원통형 우체통과 밀접한 관계가 있다. 여기에는 고유한 정취가 있다. 게다가 이것은 면면히 이어지면서 미래와 과거로 뻗어나가며, 마치 생명체처럼 그 안에 끈질기게 지속되는 무언가가 있다. 1940년의 영국은 1840년의 영국과 어떤 공통점이 있을 수 있는가? 하지만 그런 식으로 생각하면, 당신 어머니가 벽난로 선반에 세워놓은 사진 속의 다섯 살 아이와 당신은 어떤 공통점이 있는가? 전혀 없다. 그저 당신이 그 아이와 동일인이라는 점 외에는.

(⋯) 영국에서는 으스대며 애국심을 과시하는 〈지배하라 브리타니아여〉* 따위는 극소수만 부른다. 보통 사람들의 애국심은 목소리가 크지 않거나, 심지어 의식되지도 않는다. 그들의 역사적 기억에는 승전의 이름은 하나도 남아 있지 않다. 다른 나라 문학처럼 영국 문학도 전투 찬가로 가득하지만, 인기를 얻은 것은 언제나 실패와 후퇴의 이야기라는 점은 주목할 만하다. 예컨대 트라팔가르 해전이나 워털루 전투에 대한 인기 있는 시는 없다. 영국군이 라 코루냐에서 바다로 탈출하기 직전, 존 무어 경 Sir John Moore의 군대가 필사적으로 수행한 퇴각 부대 엄호 작전**

---

* "Rule Britannia". 영국의 비공식 국가國歌이다.
** 나폴레옹의 프랑스와 스페인·포르투갈·영국이 벌였던 반도전쟁 Peninsular War(1808~1814) 당시, 1809년 1월 16일 스페인 도시 라 코루냐La Coruña에서 행해진 영국군 퇴각 작전을 뜻한다.

(마치 됭케르크*에서처럼!)이 눈부신 승리보다 매력 있다. 영국에서 가장 감동적인 전투 찬가는 잘못된 방향으로 돌격했던 기병 여단에 대한 것이다.** 그리고 최근 전쟁[제1차 세계대전] 중 대중의 기억에 확실히 각인된 네 장소의 이름은 몽스Mons, 이프르 Ypres, 갈리폴리 Gallipoli, 파스샹달 Passchendaele인데, 여기서 벌어진 전투들은 모두 재앙이었다. 독일군을 마침내 격파한 위대한 전투들의 이름은 일반 대중에게 알려져 있지도 않다.

영국의 반군국주의가 외국 관찰자에게 역겨운 이유는 대영제국의 존재를 모르는 척하기 때문이다. 이는 순전한 위선으로 느껴진다. 어쨌든 영국은 막강한 해군력으로 지구의 4분의 1을 차지하고 유지했다. 그런 자들이 어찌 감히 돌아서서 전쟁을 사악하다 말할 수 있는가?

분명 영국인은 그들의 제국에 대해 위선적이다. 노동계급에서 이러한 위선은 제국의 존재를 모른다는 형태로 나타난다. 하지만 그들이 육군 상비군을 싫어하는 것은 지극히 건전한

---

* 제2차 세계대전 초기인 1940년 5월 26일~6월 4일에 프랑스 북부 항구도시 됭케르크 Dunquerque에서 독일군에 맞서던 연합군 33만여 명을 성공적으로 철수시킨 작전을 뜻한다.

** 제정 러시아와 터키·영국·프랑스·사르데냐 연합군이 벌였던 크림전쟁 Crimean War(1953~1856) 당시, 1854년 10월 25일 영국과 러시아가 충돌한 발라클라바 Balaklava 전투에서 잘못 전달된 명령으로 인해 영국 기병대가 러시아 포병대를 향해 돌격하여 병사 상당수를 잃은 사건을 말한다.

본능이다. 해군은 상대적으로 적은 인력을 고용하며, 국내 정치에 직접 영향을 주지 못하는 대외 무기인 셈이다. 군부독재는 어디에나 존재하지만, 해군 독재 같은 것은 없다. 거의 모든 계급의 영국인이 가슴 깊이 혐오하는 것은 뻐기며 걷는 장교 같은 사람, 박차가 짤랑거리는 소리, 군화가 부딪치는 소리이다. 또한 히틀러라는 이름을 듣기 몇십 년 전에도, 영국에서는 '프로이센'이라는 단어가 오늘날 '나치'와 같은 의미였다. 이런 반감이 꽤 깊어서, 지난 100년 동안 영국 육군 장교들은 평화 시기에는 근무 중이 아니라면 언제나 사복으로 다녔다.

한 나라의 사회 분위기는 군대가 열병식에서 행진하는 모습으로 신속하고도 꽤 확실하게 알 수 있다. 군사 열병식은 발레 같은 일종의 의례적 춤으로서, 독특한 삶의 철학을 표현한다. 가령 거위걸음*은 세상에서 가장 무시무시한 모습 중 하나로, 급강하 폭격기보다 한층 위협적이다. 한마디로 적나라한 힘의 확인이다. 거기에는 군화로 얼굴을 짓밟는 상상이 완전히 의식적이고 의도적으로 담겨 있다. 그것의 추악함은 그 본질의 일부이다. 왜냐하면 그것은 약자에게 인상을 쓰는 불량배처럼 "그래, 나 악질이다, 그래도 감히 비웃지는 못할 걸"이라고 말하기 때문이다. 왜 영국에는 거위걸음이 없는가? 누가 알겠냐마는, 이런 것을 도

---

* goose-step. 행진할 때 군인들이 다리를 굽히지 않고 높이 들며 걷는 걸음을 말한다.

입하면 너무나 반가워할 장교들은 부지기수일 것이다. 거위걸음이 없는 이유는 길 가던 사람들이 비웃을 것이기 때문이다. 어느선을 넘는 군사적 과시는 보통 사람들이 군대를 감히 비웃지 못하는 나라에서만 가능하다. 이탈리아는 독일의 통제하에 확실하게 들어갔을 무렵 거위걸음을 도입했는데, 누구나 예상하듯 독일인보다 잘하지는 못했다. 비시 정부*가 만약 살아남는다면, 남은 프랑스 군대에 보다 엄격한 연병장 규율을 꼭 도입할 것이다. 영국군은 18세기의 향수로 가득해서 훈련이 엄격하고 복잡하지만, 두드러지게 뻐기며 걷진 않는다. 영국군의 행진은 단지 형식을 갖춘 걷기일 뿐이다. 이는 의심의 여지 없이 칼이 지배하는 사회에 속하지만, 이 칼은 결코 칼집에서 뽑아서는 안 되는 칼이다.

그러나 영국 문명의 점잖음은 야만성 및 시대착오와 섞여 있다. 우리의 형법은 런던탑의 총사銃士**만큼이나 시대에 뒤떨어져 있다. 나치 돌격대와 견줄 만한 건 저 전형적인 영국인, 즉 걸핏하면 교수형을 내리는 재판관일 텐데, 이 통풍 걸린 늙은 깡패들은 19세기 사고방식으로 야만적인 판결을 남발한다. 영국 사람들은 아직도 교수형을 당하고, 아홉 가닥 채찍으로 매질을

* Vichy Goverment. 제2차 세계대전 중 프랑스 남부 도시 비시에 소재했던 친독 괴뢰 정부이다.

** 관광객을 위해 구식 머스킷 총을 든 삼총사三銃士 복장으로 런던탑을 지키고 있는 수비대에 빗댄 표현이다.

당한다. 이런 형벌은 모두 역겹고 잔인하지만, 이에 반대하는 진정 대대적인 항의는 없었다. 사람들은 거의 날씨를 받아들이듯 이런 형벌(그리고 다트무어와 보스틀)*을 받아들인다. 이런 형벌은 불변한다고 여겨지는 '법률'의 일부이다.

여기서 대단히 중요한 영국적 특징을 마주하게 된다. 그것은 바로 입헌주의와 합법성에 대한 존중이자, 국가와 개인 위에 있는 어떤 것, 물론 무자비하고 어리석지만 어쨌든 부패하지는 않는 어떤 것으로서의 '법률'에 대한 믿음이다.

그렇다고 법률이 공정하다고 생각한다는 말은 아니다. 부자를 위한 법률과 빈자를 위한 법률이 다르다는 것은 모두가 안다. 그러나 아무도 이것에 담긴 함의를 인정하지 않고, 모두가 법률을 있는 그대로 존중하는 걸 당연하다고 여기며, 그렇지 않을 때 분노한다. "그들은 나를 체포할 수 없어. 잘못한 게 없으니까" 혹은 "그들은 그렇게 하지 못해. 그건 법률 위반이야" 같은 표현은 영국적 분위기의 일부다. 공공연한 적들도 다른 사람만큼 절실하게 이렇게 느낀다. 이는 윌프레드 매카트니Wilfred Macartney의 《벽에도 입이 있다Walls Have Mouths》나 짐 펠런Jim Phelan의 《감옥 기행Jail Journey》 같은 교도소 관련 책에서도, 양심적 병역거부자 재판에서 벌어지는 점잔 빼는 바보짓에서도,

---

* 1809년 나폴레옹전쟁의 포로를 수용하기 위해 개소한 영국의 악명 높은 다트무어Dartmoor 교도소와, 1908년 영국 범죄방지법에 의해 보스틀Borstal 시에 처음 설치된 청소년 교정 시스템을 말한다.

저명한 마르크스주의자 교수가 "영국 사법부의 실책"이라면서 이것저것 지적하는 신문 기고문에서도 볼 수 있다. 누구나 마음 속으로 법률은 공명정대하게 집행될 수 있고, 그렇게 집행되어야 하며, 대체로 그렇게 집행되리라고 생각한다. 법 같은 것은 없고 힘만 있다는 전체주의적 사고는 뿌리를 내린 적이 없다. 심지어 지식인들도 이를 이론으로만 받아들였을 뿐이다.

환상은 절반의 진실이 될 수 있고, 가면으로 표정이 달라질 수도 있다. 민주주의가 전체주의와 '완전히 똑같다'라든가 '똑같이 나쁘다'라는 취지의 익숙한 주장은 이런 사실을 전혀 감안하지 않는다. 그런 모든 주장의 핵심은 결국 빵 반 덩어리는 빵이 없는 것과 마찬가지라는 것이다. 영국에서는 정의, 자유, 객관적 진실 같은 개념을 여전히 믿는다. 이는 환상일지 몰라도, 자못 강력한 환상이다. 이런 믿음은 행동에 영향을 미치고, 국민의 삶은 그 때문에 달라진다. 그 증거로 주변을 둘러보라. 고무 경찰봉이 어디 있는가? 피마자유가 어디 있는가? 칼은 여전히 칼집 속에 있다. 그리고 칼이 그 속에 있는 한 부패는 일정한 선을 넘지 못한다. 이를테면 영국의 선거제도는 거의 공공연한 사기이다. 부유한 계급의 이해관계에 따라 너무도 빤한 여러 방식으로 선거구를 바꾼다. 그러나 대중의 마음에 어떤 깊은 변화가 생겨나기 전까지는, 철두철미하게 부패할 수는 없다. 기표소에서 권총을 든 남자가 어디에 투표하라고 말하지 않는다. 개표 조작이나 노골적인 매표買票도 없다. 심지어 위선도 강력한 보호 장치가 된다. 저 가혹한 재판관, 진홍색 법복을 입고 말총 가발을 뒤집어쓴 악마 같은 저 늙은이에게 지금이 어떤 시대인지 가르쳐줄 방법은 다이너마이트밖에 없겠지만, 그 사람은 적어도 법전에 의거하여 법률을 해석하고 결코 돈에 매수되지 않을 영국의 상징적 인물 중 하나다. 그는 현실과 환상, 민주주의와 특권, 협잡과 품위의 기묘한 혼합을 상징하며, 국가의 친숙한 모습을 유지하게 할 타협들의 정교한 그물을 상징한다.

영국 언론은 정직한가, 부정직한가?

《사자와 일각수》(1941년) 중에서

전쟁이 시작된 지 1년이 지난 바로 지금, 정부를 매도하고 적을 찬양하며 요란하게 항복을 요구하는 신문과 소책자들은 거의 아무 제재도 없이 거리에서 팔리고 있다. 언론의 자유를 존중해서라기보다는, 그저 이런 일들이 별 문제 아니라고 인식해서다. 《피스 뉴스》* 같은 신문은 팔게 놔둬도 안전하다. 전 인구의 95 퍼센트는 이 신문을 절대 읽고 싶어 할 리 없기 때문이다. 이 나라는 보이지 않는 사슬로 함께 묶여 있다. 평상시에는 지배계급

* *Peace News*. 1936년 영국에서 평화운동을 지지하기 위해 창간된 잡지이다.

이 우리를 강탈하고 엉망으로 관리하며 방해하고 진창으로 이끌기도 할 것이다. 그러나 여론을 그들의 귀에 또렷이 들리게 만들면, 그들이 확실히 느끼도록 아래에서 잡아당기면, 지배계급도 반응할 수밖에 없다. 지배계급 전체를 "친파시스트"라고 비난하는 좌파 작가들은 지나친 단순화를 하고 있다. 심지어 우리를 이 지경으로 이끈 정치가들의 내부 패거리 중에도, 의도적인 매국노가 있었을 것 같지는 않다. 영국에서 벌어지는 부패는 여간해서는 그런 종류가 아니다. 대체로 자기기만, 그러니까 왼손이 하는 일을 오른손이 모르게 하는 식에 가깝다. 그리고 의도적이지 않기 때문에 제한적이다. 이런 현상은 영국 언론에서 가장 뚜렷하다. 영국 언론은 정직한가, 부정직한가? 평상시에는 몹시 부정직하다. 유력 신문은 죄다 광고로 먹고살고, 광고주는 기사를 간접적으로 검열한다. 하지만 나는 대놓고 현금으로 매수할 수 있는 신문이 영국에 하나라도 있다고는 생각하지 않는다. 프랑스 제3공화국은 극소수를 뺀 모든 신문을 치즈 사듯 매수할 수 있는 것으로 악명 높았다. 영국에서는 공적인 삶이 그렇게 공공연한 추문인 적이 없었다. 협잡이 유야무야될 수 있는 정도로 붕괴의 정점까지 이르지는 않았다.

영국은 즐겨 인용되는 셰익스피어의 구절처럼 보석의 섬*은 아니지만, 괴벨스 박사**의 묘사처럼 지옥도 아니다. 그보다는 어떤 집안, 다소 고루한 빅토리아 시대***의 집안과 비슷하다. 이 집안은 골칫덩어리는 별로 없어도 남부끄러운 비밀이 많다. 굽실거려야 할 부자 친척도 있고, 끔찍하게 짐이 되는 가난한 친척도 있다. 그리고 집안의 수입원에 대해 침묵해야 한다는 뿌리 깊은 모의가 있다. 이 집구석 젊은이들은 대개 좌절을 겪고, 집안 권력은 대부분 무책임한 삼촌과 몸져누운 고모에게 있다. 그래도 결국은 한 집안이다. 내밀한 언어가 있고, 함께 나눌 추억이 있으며, 적이 다가오면 똘똘 뭉친다. 시원찮은 일원들이 좌지우지하는 집안. 단 한마디로 영국을 묘사하자면 이 표현이 제일 그럴싸할 것이다.

---

* 셰익스피어의 희곡《리처드 2세 Richard Ⅱ》에 나오는 "왕홀王笏의 섬 sceptered isle"을 뜻한다.

** Paul Joseph Goebbels(1895~1945). 독일 나치의 선전장관이었다. 문학박사로서 나치의 주요 인사들 가운데 몇 안 되는 지식인이었다.

*** 성에 대한 사회적 편견과 억압이 심했던 빅토리아 여왕 치세 (1837~1901)를 뜻한다.

이번 전쟁은
현대에 벌어진 전쟁 중

가장 진실하다

〈런던 편지〉(1941년 4월 15일 /《파르티잔 리뷰》, 1941년 7~8월 수록) 중에서

보도의 정확성 면에서 볼 때, 이번 전쟁은 현대에 벌어진 전쟁 중 가장 진실하다고 생각한다. 물론 적국의 신문은 좀처럼 볼 수 없지만, 우리 신문 중에 1914~1918년[제1차 세계대전]이나 스페인내전 당시 양 진영에서 퍼졌던 끔찍한 거짓말에 비견할 만한 기사를 싣는 곳은 분명히 하나도 없다. 내 생각에는 라디오 때문에 광범한 거짓말이 점점 어려워지고 있으며, 특히 외국 방송 엿듣기가 허용된 나라에서는 더더욱 그렇다. 지금까지 독일은 여러 차례 영국 해군 함선을 격침했다고 공표한 것 외에는, 주요 사건에 대해 거짓말을 많이 한 것 같지 않다. 우리 영국 정부는 정황이 불리하게 돌아가면, 정보를 주지 않고 막연히 낙관

하는 다소 미련한 방법으로 거짓말을 한다. 그러나 보통은 며칠 안에 진실을 공표할 수밖에 없다. 나는 꽤 권위 있는 소식통으로부터 공중전 등에 관한 항공성 발표가 물론 유리하게 윤색되기는 해도 얼추 진실하다고 들었다. 육군과 해군에 관해서는 할 말이 없다. 노동쟁의는 정말 제대로 보도되는지 의심스럽다. 아마 대규모 파업에 대한 기사는 절대 금지되지 않겠지만, 내 생각에 노동 분규에 대해 입막음하는 풍조는 뿌리 깊다고 볼 수 있다. 군인 숙사 배정, 후송, 군인 아내를 위한 별거 수당 등등으로 야기되는 불만에 대해서도 마찬가지이다. 의회에서 진행되는 토론이 언론에서 잘못 전달되지는 않을 것이다. 그러나 의사당에 무능한 자들이 가득하여 의회 토론은 점점 시시해지고 있으며, 현재는 신문 네 군데 정도만 특필할 뿐이다.

프로파간다는 1년 전보다 더 깊숙이 우리 삶으로 파고들지만, 생각만큼 지독하지는 않다. 애국심을 부추기는 표현과 훈족* 혐오는 1914~1918년 당시에 비하면 단연코 아무것도 아니지만, 차츰 커지고 있다. 우리가 나치뿐 아니라 독일 인민과도 싸우고 있다는 생각이 이제 중론인 것 같다. 밴시터트의 독일을

* Hun. 4세기 중엽에 중앙아시아에서 유럽으로 이동하여 게르만 민족 대이동을 유발하고, 5세기에는 아시아와 유럽에 걸친 대제국을 건설했던 유목 민족이다. 제1차 세계대전과 제2차 세계대전 중에는 독일인에 대한 멸칭으로 사용됐다.

향한 증오를 담은 소책자인 《암흑의 기록》*은 날개 돋친 듯 팔렸다. 이런 현상이 단순히 부르주아 특유의 무엇이라는 주장은 근거가 박약하다. 보통 사람들 사이에서도 꽤나 추악한 징후가 나타났기 때문이다. 그럼에도 불구하고 전쟁이 진행되는 와중에도 현재까지는 증오가 상당히 경미하다. 적어도 이 나라에서는 그렇다. 인민전선 시기에 유행한 식의 '반파시즘'도 아직 세력이 미미하다. 영국 사람들은 한 번도 이를 추종한 적이 없다. 전쟁에서 영국인의 사기는 케케묵은 애국심, 외세 지배에 대한 반감, 언제 위험한지 깨닫지 못하는 단순한 무능력에 더욱 달려 있는 것이다.

BBC[영국방송협회]는 비록 대외 선전 활동에서 우둔하고 아나운서 목소리는 형편없지만, 무척 진실하다고 생각한다. 여기에서는 일반적으로 BBC가 신문보다 믿을 만하다고 여겨진다. 영화는 기법이나 주제에서 전쟁의 영향을 거의 받지 않는 듯하다. 영화는 변함없이 달콤하고 시시한 이야기를 계속 만들고 있다. 그리고 영화가 정치를 다룰 때는 대중지보다 몇 년이나 뒤처져 있고, 평균 수준의 서적보단 몇십 년이나 뒤처져 있다.

---

* *Black Record*. 영국의 대독일 강경파 정치가이자 작가 로버트 밴시터트Robert Vansittart(1881~1957)의 1941년 작품으로, 나치를 로마 시대부터 지속해온 독일의 침략성이 발현된 집단으로 서술한다.

예술과 프로파간다는

결코 완벽하게 분리될 수 없다

〈문학 비평 Ⅱ : 톨스토이와 셰익스피어〉(1941년 5월 7일 방송 /
《더 리스너》, 1941년 6월 5일 수록) 중에서

지난주에 나는 예술과 프로파간다는 결코 완벽하게 분리될 수
없다고, 순전히 미학적인 판단으로 여겨지는 것도 언제나 도덕
적, 정치적, 종교적 충성심으로 어느 정도 더럽혀진다고 지적했
다. 그리고 생각 있는 사람이라면 주변에서 벌어지는 일을 모르
는 척할 수 없고 필경 어느 편을 들 수밖에 없는 지난 10년 같
은 격동기에는, 이런 저변에 깔린 충성심이 의식 표면 가까이 밀
려 올라온다고 덧붙였다. 비평은 점점 공공연하게 편파적이 되
어서, 공평한 척하기조차 매우 어려워진다. 하지만 그렇다고 해
서 미학적 판단 같은 것은 없다는, 또 모든 예술 작품은 그저 정
치적 소책자일 뿐이며 그런 식으로만 평가할 수 있다는 결론을

내릴 수는 없다. 그렇게 추론한다면, 우리 생각은 어떤 중대하고 엄연한 사실들마저 설명할 수 없는 막다른 골목으로 몰리게 된다. 이에 대한 사례로서 지금까지 쓰인 도덕적이고 비미학적인 (누군가에 의하면 반미학적인) 비평 가운데 가장 위대한 작품 중 한 편을 살펴보고자 한다. 셰익스피어에 관한 톨스토이의 에세이*가 바로 그것이다.

톨스토이는 만년에 셰익스피어를 향해 극렬한 공격을 감행했다. 셰익스피어가 세평만큼 위대한 인물이 아닐 뿐 아니라, 장점이라고는 찾아볼 수 없는 작가이자, 사상 최악이고 가장 경멸스러운 작가라는 취지의 글을 쓴 것이다. 이 에세이는 당시에 굉장한 공분을 샀다. 하지만 나는 이에 대한 제대로 된 반박이 전무했다고 생각한다. 나아가 이 에세이가 대체로 반박할 수 없다는 점을 짚어야 한다. 톨스토이의 말 중 일부는 엄연한 사실이고, 일부는 너무 사견의 문제여서 왈가왈부할 값어치가 없다. 물론 그 에세이의 세부 사항 중에 반박할 거리가 없다는 뜻은 아

---

* 톨스토이Lev Nikolaevich Tolstoy가 1903년 러시아어로 쓴 〈셰익스피어와 연극 О ШЕКСПИРЕ И О ДРАМЕ〉을 1906년 영어로 번역한 〈톨스토이의 셰익스피어 비평Tolstoy on Shakespeare〉을 뜻한다. 이 글은 미국 사상가 어니스트 크로스비Ernest Crosby의 〈노동자계급에 대한 셰익스피어의 태도Shakespeare's Attitude Toward the Working Classes〉와 함께 묶여 《톨스토이의 셰익스피어 비평Tolstoy on Shakespeare: A Critical Essay on Shakespeare》(국내판은 《톨스토이가 싫어한 셰익스피어》)이란 책으로 출간되었다.

니다. 톨스토이는 몇 번이나 자기모순에 빠진다. 외국어를 다뤘기 때문에 적지 않은 부분을 오해한 것도 사실이다. 그리고 셰익스피어를 향한 증오와 질투 때문에 일정 부분을 곡해하거나 적어도 일부러 간과했다는 의심까지 든다. 하지만 이 모든 점은 중요한 문제가 아니다. 톨스토이의 말은 대체로 그 방식에 있어서 정당했고, 아마도 그 당시 유행하던 셰익스피어에 대한 어리석은 과찬을 바로잡는 역할도 했을 것이다. 그에 대한 반박은 내가 말할 수 있는 무언가보다는, 그 스스로 말할 수밖에 없었던 어떤 것에 있다.

톨스토이의 주된 주장은 셰익스피어가 일관성 있는 철학도 없고, 고민할 가치가 있는 사상이나 이념도 없으며, 사회적혹은 종교적 문제에 대한 관심도 없고, 등장인물이나 개연성에 대한 이해도 없는 하찮고 천박한 작가라는 것이다. 그리고 조금이라도 무어라 정의할 수 있는 태도가 있었다면, 냉소적이고 부도덕하며 세속적인 인생관이었다는 것이다. 톨스토이는 셰익스피어가 신빙성을 조금도 개의치 않으면서 희곡을 짜깁기하고, 허무맹랑한 우화와 있을 법하지 않은 상황을 다루며, 모든 등장인물의 대사가 실제 삶의 언어와는 전혀 다른 인위적인 미사여구라고 고발한다. 또한 줄거리와 상관있는지 심사숙고하지도 않고 (독백, 담시譚詩 토막들, 토론, 저속한 농담 등) 아무거나 희곡에 쑤셔 넣는다고 비난한다. 또한 당대의 부도덕한 권력정치와 불공정한 사회적 차별을 당연시한다고 힐난한다. 간단히 말해서 톨스토이는 셰익스피어가 경솔하고 칠칠치 못한 작가이자, 도덕관이 수상쩍은 자이며, 무엇보다도 **사상가**가 아니라고 지탄하는 것이다.

이제 톨스토이 주장을 상당 부분 논박할 수 있다. 셰익스피어가 부도덕한 작가라는 톨스토이의 암시는 진실이 아니다. 셰익스피어는 톨스토이와 다를 수는 있지만 확실히 어떤 도덕 준칙을 지니고 있으며, 이는 작품 전반에 걸쳐 역력히 나타난다. 예를 들어 초서나 보카치오*에 비하면 확실히 도덕주의자이다. 셰익스피어는 톨스토이 주장처럼 어릿광대도 아니다. 때때로, 그러니까 우발적으로, 당대를 훌쩍 넘어서는 통찰력을 보여준다. 이와 관련하여 나는 (톨스토이와 달리 셰익스피어를 존경했던) 카를 마르크스가 《아테네의 타이먼》에 대해 쓴 비평**에 주목하고 싶다. 하지만 역시 톨스토이가 한 말은 대체로 진실이다. 셰익스피어는 사상가가 아니다. 셰익스피어가 세계적으로 위대한 철학자 중 한 명이라는 비평가는 허튼소리를 하는 것이다. 그의 사상은 뒤죽박죽인 잡동사니 모음이다. 대부분의 영국인처럼

---

* Geoffrey Chaucer(1342?~1400). 《캔터베리 이야기 The Canterbury Tales》를 쓴 중세 영국의 시인으로 "영국 문학의 아버지"라 불린다. Giovanni Boccaccio(1313~1375)는 《데카메론 Decameron》을 쓴 르네상스 시대 이탈리아의 시인이자 작가이다.

** 마르크스는 1844년 쓴 《경제학-철학 수고 Ökonomisch-philosophische Manuskripte》에서, 셰익스피어가 《아테네의 타이먼 Timon of Athens》에서 화폐의 속성을 적확하게 통찰했다고 평했다.

행동 수칙은 있지만, 세계관과 철학적 역량은 없다. 다시 말해 셰익스피어가 개연성에 별 관심이 없었고, 등장인물의 일관성을 좀체 고민하지 않는다는 것은 꽤 진실이다. 알다시피 그는 보통 다른 사람의 줄거리를 훔쳐와서 성급하게 희곡으로 짜 맞췄기 때문에, 종종 원작에는 없는 부조리와 모순이 생기기도 한다. 이 따금 (이를테면 《맥베스Macbeth》처럼) 잘못될 염려가 없는 줄거리를 구했을 때는 등장인물이 자못 일관적이다. 그러나 많은 경우 등장인물은 평범한 기준으로는 도무지 믿어지지 않는 행동을 하도록 몰린다. 그의 희곡 중 다수는 동화만큼의 신빙성도 없다. 어쨌든 그가 자기 희곡을 생계 수단 이상으로 진지하게 여겼다는 증거는 없다. 그는 소네트에서 자신의 희곡을 문학적 업적으로 거론한 적이 단 한 번도 없다. 다만 딱 한 번 다소 부끄러워하며 자신이 배우였다고 말했을 뿐이다. 딱 여기까지 톨스토이는 정당하다. 셰익스피어가 빈틈없는 기법과 절묘한 심리학적 관찰로 충일한 희곡을 통해 수미일관한 철학을 논하는 심오한 사상가였다는 주장은 가당치도 않다.

다만 톨스토이는 무엇을 이루었는가? 이런 맹렬한 공박으로 셰익스피어는 폭삭 허물어져야 했으며, 톨스토이는 영락없이 그리됐다고 믿었다. 톨스토이가 이 에세이를 쓸 무렵, 적어도 그 에세이가 널리 읽히기 시작할 무렵 이후로, 셰익스피어의 명성은 시들해져야만 했다. 셰익스피어 애호가들은 그 우상의 정체가 폭로되어서 실로 아무 가치가 없음을 깨닫고, 그의 작품을 즐기길 당장 그만두었어야 했다. 그러나 그런 일은 벌어지지 않았다. 셰익스피어는 부서졌지만, 어떻게든 버티고 서 있다. 지금까지는 톨스토이의 공격으로 셰익스피어가 잊히기는커녕, 그 공격이 거의 잊혔다. 톨스토이가 영국에서 인기 있는 작가인데도 그 에세이의 번역본들은 다 절판되었고, 나는 런던 일대를 샅샅이 뒤진 끝에야 박물관에서 한 권을 가까스로 찾아낼 수 있었다.

따라서 톨스토이가 셰익스피어에 대해 거의 낱낱이 해명할 수 있어도, 해명할 수 없는 한 가지가 있는 듯하다. 바로 셰익스피어의 인기다. 톨스토이는 이를 잘 알고 있어서 몹시 곤혹스러워했다. 나는 앞서 톨스토이에 대한 반박은 사실 그 스스로 말할 수밖에 없었던 어떤 것에 있다고 했다. 톨스토이는 이 형편없고 미욱하며 부도덕한 작가 셰익스피어가 어떻게 도처에서 추앙받을 수 있는지 자문한다. 그리고 결국 진실을 왜곡하는 전 세계적 음모 때문이라고 설명할 수밖에 없었다. 아니면 톨스토이 자신을 제외한 모든 이들이 빠져든 일종의 (그가 최면이라고 부르는) 집단 환각 때문일 것이다. 그는 이런 음모 혹은 미망의 기원에 관해 19세기 초 일부 독일 비평가의 교묘한 책략 탓으로 돌릴 수밖에 없었다. 즉 그자들이 셰익스피어가 훌륭한 작가라고 간특한 거짓말을 하기 시작했으며, 그 후로 아무도 공박할 용기가 없었다는 것이다. 이제 이런 유의 이론에 시간 낭비할 필요는 없다. 말도 안 되니까. 셰익스피어 연극을 즐겁게 본 대다수는 직접적이든 간접적이든 독일 비평가들의 영향을 전혀 받지 않았다. 셰익스피어의 인기는 충분히 진짜이고, 그 인기는 문학 애호가와 거리가 먼 보통 사람에게도 퍼져 있다. 살아생전에 이미 영국에서 즐겨 무대화되었고, 영어권 국가뿐 아니라 유럽 대부분과 아시아 일부에서도 인기 있다. 내가 이렇게 말하고 있는 요즘에도 소련 정부는 셰익스피어 325주기*를 추모하고 있으며, 나는 예전에 실론**에서 한마디도 알아듣지 못하는 어떤 언어로 셰익스피어 연극이 상연되는 걸 본 적이 있다. 톨스토이는 그럴 수 없겠지만, 수백만의 평범한 사람들이 높이 평가하는 셰익스피어에게는 어떤 좋은 점(어떤 오래가는 점)이 있다고 결론 내려야 한다. 개연성 없는 일이 그득한 희곡을 쓴 흐리멍덩한 사상가라는 사실이 드러나더라도, 셰익스피어는 살아남을 수 있다. 설교로 꽃을 시들게 할 수 없듯이, 그런 방법으로 그에 대한 세평을 뒤집을 수는 없다.

내 생각에 이러한 사실은 지난주 언급한 내용을 조금 더 보충한다. 다름 아니라 예술과 프로파간다의 경계 말이다. 이것은 주제와 의미에만 초점을 맞추는 비평의 한계를 보여준다. 톨스토이는 셰익스피어를 시인이 아니라 사상가이자 교육자로 보면서 비평하며, 이러한 노선에 따라 손쉽게 그를 무너뜨린다. 그럼에도 불구하고 그가 말한 것은 모조리 부적절하다. 셰익스피

* 1616년 셰익스피어 사망 후 325년째인 1941년을 뜻한다.
** Ceylon. 스리랑카의 옛 이름이다.

어는 아무런 영향도 받지 않은 것이다. 그의 명성뿐 아니라 그가 주는 즐거움도 예전과 다르지 않다. 물론 시인은 사상가이자 교육자여야 하지만, 분명 그 이상이기도 하다. 모든 작품은 프로파간다의 측면을 지니지만, 책이나 희곡, 시, 혹은 그 밖의 작품이 오래가기 위해선, 그 도덕이나 의미에 의해 전혀 영향받지 않는 어떤 나머지가 있어야 한다. 우리는 오직 그 나머지만을 예술이라 부를 수 있다. 어떤 한계는 있겠지만, 나쁜 사상과 나쁜 도덕도 좋은 문학이 될 수 있다. 톨스토이 같은 위대한 인물조차 이를 반증할 수 없다면, 아무도 반증할 수 없으리라.

우리가 작가에게
가장 먼저 하는 요구는

거짓말하지 말라는 것이다

〈문학 비평 Ⅳ : 문학과 전체주의〉(1941년 5월 21일 방송, 타자 원고) 중에서

이번 주 방송에서 나는 비평에 대해 말하고 있는데, 모든 것을 감안할 때 비평은 문학의 주류에 속하지 않는다. 19세기 영국처럼 비평과 비평 정신이 없다시피 해도 문학은 활기찰 수 있다. 그러나 특히 지금은 진지한 비평과 관련한 문제를 무시하면 안 되는 이유가 있다. 나는 첫 방송 초반에 오늘날은 비평의 시대가 아니라고 말한 바 있다. 지금은 공평의 시대가 아니라 당파의 시대이며, 자기 의견과 다른 결론을 제시하는 책의 문학적 가치를 깨닫기가 워낙 힘든 시대다. (가장 포괄적인 의미에서의) 정치가 흔치 않은 정도까지 문학을 침범했고, 따라서 개인과 공동체 사이에서 늘 벌어지는 투쟁이 우리 의식의 표면으로 떠오르게 되

었다. 지금 같은 시대에 정직하고 편견 없는 비평을 쓰는 일이 얼마나 어려운지 생각해보면, 도래할 시대의 문학 전체에 드리운 위험의 본질이 이해되기 시작한다.

우리는 자율적 개인이 사라진 시대에 살고 있다. 혹은 어쩌면 개인이 자율적이라는 환상이 사라진 시대에 살고 있다고 말해야 할지도 모른다. 이제는 문학에 대한 모든 이야기에서, 무엇보다 비평에 대한 모든 이야기에서, 우리는 자율적 개인을 본능적으로 당연시한다. 유럽 근대문학 전체(지난 400년의 문학)는 지적 정직성이라는 개념 위에 세워졌다. 혹은 "너 자신에게 진실하라"*는 셰익스피어의 격언 위에 세워졌다고도 할 수 있다. 우리가 작가에게 가장 먼저 하는 요구는 거짓말하지 말라는 것이다. 정말로 생각하고 느끼는 바를 말하라는 요구이다. 예술 작품에 대한 가장 심한 말은 정직하지 않다는 것이다. 이는 창작보다 비평에 훨씬 들어맞는다. 창작에서는 작가가 어떤 근본적인 진실성을 지닌다면, 겉치레와 매너리즘, 심지어 노골적인 협잡도 어느 정도까지는 별 문제 아니다. 근대문학은 본래 개인적인 것이다. 그것은 한 사람이 생각하고 느끼는 바에 대한 진실한 표현이며, 그렇지 않으면 아무것도 아니다.

(…) 전체주의는 이전 어느 시대에도 전례가 없을 정도

---

* "To thine own self be true". 셰익스피어의 희곡 《햄릿 Hamlet》에 나오는 대사이다.

로 사상의 자유를 무너뜨렸다. 그러나 전체주의의 사고 통제는 부정일 뿐 아니라 긍정이기도 함을 깨닫는 것이 중요하다. 전체주의는 특정 사상을 표현하는 것(심지어 **생각하는** 것)을 금할 뿐 아니라, 무엇을 생**각해야 하는지**도 지시하는 것이다. 전체주의는 여러분을 위한 이데올로기를 창조하며, 행동 수칙을 설정할 뿐만 아니라 여러분의 정서적 삶까지 통치하려 한다. 그리고 여러분을 가능한 한 외부 세계로부터 고립시키고, 비교 기준이 없는 인공 우주 속에 가둬버린다. 어쨌든 전체주의 국가는 적어도 신민臣民의 행동만큼이나 사고와 감정도 철두철미 통제하려 한다.

우리에게 중요한 문제는 그러한 분위기에서 문학이 살아남을 수 있는가이다. 나는 그럴 수 없다고 간명하게 대답해야 한다고 생각한다. 전체주의가 전 세계에 퍼지고 영속한다면, 우리가 알고 있던 문학은 최후를 맞을 것이다. 최후를 맞는 것은 르네상스 이후 유럽 문학일 뿐이라 말하는 것은 (얼핏 그럴듯해 보여도) 충분하지 않다. 나는 개인의 정서적 삶을 통제하려는 현대 국가의 시도가 서사시부터 비판적 에세이까지 모든 종류의 문학을 위협한다고 생각한다. 이를 부인하는 사람들은 보통 두 가지 논거를 내세운다. 그들은 무엇보다도 지난 몇백 년간 존재했던 소위 자유는 그저 경제적 무질서를 반영한 이미지이며, 어찌 됐든 거개가 환상이라고 말한다. 그리고 좋은 문학, 즉 지금 낳을 수 있는 어떤 문학보다도 나은 문학은 과거에, 즉 사상의 자유가 현재 독일이나 러시아쯤밖에 안 되던 시대에 탄생했다고 지적한다. 지금으로서는 어느 정도 진실이다. 이를테면 사상이 (주로 교회의) 엄격한 통제하에 있었고 하찮은 이론異論을 제기해도 자칫하면 산 채로 불태워지기 십상이던 중세 유럽에 문학이 존재할 수 있었던 건 진실이다. 교회의 교조적 통제도 가령 초서가 《캔터베리 이야기》를 쓰는 것을 막지 않았다. 또한 중세 문학, 포괄적으로는 중세 예술이 현재보다 덜 개인적이고 더 공동체적이었다는 것도 진실이다. 예를 들어 영국의 담시를 어떤 개인의 창작으로 치부할 수는 없을 것이다. 내가 최근 보았던 동양에서 창작된 담시와 마찬가지로, 영국 담시도 대개 공동체에 의해 쓰였을 것이다. 지난 몇백 년의 유럽을 특징짓는 무질서한 자유, 즉 어떤 확고한 표준도 없는 이런 유형의 환경은 문학에 필수적이지 않으며 아마 유리하지도 않을 것이다. 좋은 문학은 확고한 사고 틀 내에서 창조될 수 있다.

그러나 전체주의가 유럽이든 동양이든 과거의 정통과 결정적으로 다른 점이 몇 가지 있다. 가장 중요한 점은 과거의 정통은 변하지 않았다는, 또는 최소한 급변하지는 않았다는 것이다. 중세 유럽의 교회는 무엇을 믿어야 할지 명령했지만, 적어도 일평생 동일한 믿음을 유지할 수 있게 해줬다. 월요일에는 이걸 믿으라고 했다가, 화요일에는 저걸 믿으라고 하지는 않았다. 이는 오늘날의 정교회 신도, 힌두교도, 불교도, 이슬람교도에게도 어느 정도는 들어맞는다. 이들은 어떤 의미에서는 사고가 제한되지만, 동일한 사고 틀 내에서 전 생애를 보낸다. 감정은 함부로 바뀌지 않는다. 이제 전체주의를 보면 정반대이다. 전체주의 국가의 특성은 사상을 통제하지만 고정하지는 않는다는 것이다. 전체주의 국가는 의심할 여지가 없는 도그마를 세우곤, 그것을 매일매일 바꾼다. 신민의 절대적 복종이 필요하기에 도그마가 필요하지만, 권력정치의 필요가 명하는 변화는 불가피하다. 전체주의 국가는 스스로 무오류라고 선언하지만, 이와 동시에 객관적 진실이라는 바로 그 개념을 타격한다. 노골적이고 명백한 예를 들어보자면, 1939년 9월 전까지는 모든 독일인이 러시아 볼셰비즘Bolshevism에 대해 공포와 혐오를 느꼈지만, 1939년 9월부터는 존경과 애정을 느꼈다.* 몇 년 안에 그렇게 되겠지만 러시아와 독일이 전쟁을 벌인다면,** 이와 다름없는 급격한 변화가 일어날 것이다. 독일인의 정서적 삶, 사랑과 증오는 필요하면 하룻밤 사이에 바뀌리라 예상된다. 이런 일이 문학에 영향을 끼친다는 것은 구구히 말할 필요도 없다. 왜냐하면 무릇 글쓰기는 외부에서 항상 통제할 수는 없는 감정의 문제이기 때문이다. 현재의 정통에 대해 입에 발린 말을 하는 게 어렵진 않지만, 중요한 글이라면 작가가 자기 말이 진실이라고 느낄 때만 쓸 수 있다. 그것이 없다면 창조적 자극은 말라버린다. 우리가 제기

---

*   제2차 세계대전 직전인 1939년 8월 23일 체결된 독소불가침조약을 염두에 둔 표현이다.

** 이 방송이 나간 지 한 달 후인 1941년 6월 22일 독일이 소련을 침공하면서 독소불가침조약은 파기되었다.

한 모든 증거를 종합해볼 때, 전체주의가 추종자들에게 요구하는 돌연한 감정 변화는 심리적으로 불가능하다. 전체주의가 전 세계를 정복한다면 우리가 알고 있는 문학이 최후를 맞으리라는 내 말의 주된 근거가 바로 이것이다. 그리고 실로 전체주의는 현재까지 그런 영향을 끼쳐온 듯하다. 문학은 이탈리아에서 불구가 됐고, 독일에서는 거의 전멸한 듯 보인다. 나치의 가장 특유한 행동은 분서焚書이다. 심지어 러시아에서조차 우리가 한때 기대한 문학의 르네상스는 일어나지 않았고, 가장 전도유망한 러시아 작가들은 스스로 목숨을 끊거나 감옥으로 사라지는 경향이 뚜렷하다.

(⋯) 문학의 진가를 느끼는 사람, 인류사에서 문학이 중추 역할을 한다는 것을 이해하는 사람이라면, 전체주의에 대한 저항이 사활이 걸린 중대사라는 점도 알아야 한다. 그 전체주의가 외부에서 강요되었든 내부에서 강요되었든 간에 말이다.

스탈린에 대해
진실로 말할 수 있는 최대치는

개인적으로는 성실하리라는 것이다

〈전시 일기〉(1941년 7월 3일) 중에서

스탈린의 방송 연설*은 민주 진영의 보루인 인민전선으로의 귀
환으로서, 사실상 스탈린과 그의 추종자들이 지난 2년간 말해온
모든 것과 철두철미 모순된다. 그럼에도 처칠Winston Churchill의
연설에 필적하는 장중하고 투지 넘치는 연설이었다. 이 연설은
적어도 현재로서는 화해하지 않을 것이라 공언했다. 그러나 그
연설의 여러 구절은 대대적인 퇴각을 심사숙고 중이라고 암시하
는 듯하다. 아직 영국 및 미국과 정식 동맹이 명백히 없는데도,

---

* 1941년 6월 22일 독일군이 독소불가침조약을 파기하고 소련을 침
공하자, 스탈린이 1941년 7월 3일 방송을 통해 대독 항전을 촉구한
대국민 연설을 가리킨다.

양국을 우호적으로 언급하고 어느 정도는 동맹국이라고 시사했다. 또《프라우다》*가 그래온 것처럼, 리벤트로프**와 그 일당을 "식인종"이라 불렀다. 흔히 러시아어 연설을 번역하면 말투가 괴상해지는데, 한 가지 이유는 아무래도 러시아어의 그 방대한 모욕적 어휘에 상응하는 영어 어휘가 없기 때문이다.

우리 시대의 도덕적이고 정서적인 천박함을 더욱 잘 보여주는 사례는, 현재 우리 모두 어느 정도는 스탈린 지지자라는 사실이다. 이 역겨운 살인마가 일시적이나마 우리 편에 서는 바람에, 숙청 같은 사건들은 홀연 잊혀버렸다. 프랑코나 무솔리니 등도 종내 우리 편으로 넘어온다면 마찬가지일 것이다. 스탈린에 대해 진실로 말할 수 있는 최대치는 개인적으로는 성실하리라는 것이다. 추종자들은 그럴 수 없겠지만 말이다. 그의 입장이 끊임없이 바뀌는 이유는 어쨌든 그 자신이 내린 결정에 있기 때문이다. "하느님 아버지가 돌면 우리 모두 돈다"라는 말은 바로 이런 경우를 두고 하는 말이다. 그리고 성부가 도는 이유는 짐작건대 성령이 그를 움직이기 때문이렸다.

지난 20년간 민주주의 사회에서
가장 나빴던 점은

솔직하게 말하거나 생각하기가
어려웠다는 사실이다

〈문화와 민주주의〉(1941년 11월 22일) 중에서

지난 20년간 민주주의 사회에서 가장 나빴던 점은 솔직하게 말하거나 생각하기가 어려웠다는 사실이다. 우리 [민주주의] 사회 구조에 있어 중요한 사실, 말하자면 기본적인 사실 하나를 들어보자. 그것은 유색인종의 값싼 노동에 기초한다는 것이다. 오늘날 세계가 구성된 방식과 마찬가지로, 우리 모두는 아사 직전의 아시아 막노동꾼의 등을 밟고 서 있다. 영국 노동계급의 생활수준은 예나 지금이나 부자연스럽게 높은데, 이는 기생 경제에 기초를 두고 있기 때문이다. 노동계급도 유색인종 노동 착취에 누구 못지않게 깊이 연루되어 있지만, 내가 아는 한 지난 20년간 영국 언론 어디에서도 (적어도 눈길을 끌 만한 어느 지면에서도)

그 사실을 깔끔하게 인정하거나 까놓고 이야기하는 경우는 없었다. 유색인종 노동으로 먹고사는 우리 국민에게는 지난 20년 동안 실은 두 가지 방책이 가능했다. 첫 번째는 숨김없이 이렇게 말하는 것이다. 우리는 주인 인종이다(유념할 점은 이것이 히틀러가 자기 민족에게 말하는 투라는 것이다. 그는 전체주의의 영도자여서 특정 주제에 관해 거리낌 없이 말할 수 있다). 우리는 주인 인종이고, 열등 인종을 착취하여 살아간다. 다 같이 힘을 합쳐서 최대한 짜내자. 그것이 한 가지 방책이었고, 말하자면 《타임스》*가 배짱이 있었다면 해야 했던 말이다. 그러나 그러지 않았다. 가능한 다른 방책은 이렇게 말하는 것이었다. 영구히 세계를 착취할 수는 없으며, 인도인이나 중국인을 비롯해 만인을 공정하게 대해야 한다. 그리고 우리의 생활수준이 부자연스럽게 높고 적응과정은 영락없이 괴롭고 어려울 테니, 당분간 생활수준을 낮출 각오를 해야 한다. 또한 약자의 권리 획득을 가로막는 강력한 세력이 준동할 테니, 그저 봉급 인상과 노동시간 단축이나 주장하는 대신 임박한 국제적 내전에 대비하여 무장해야 한다. 이는 예를 들어 《데일리 해럴드》**가 배짱이 있었다면 해야 했던 말이

---

* The Times. 1785년 창간되어 1800년대에 영국 최고의 영향력을 갖춘 일간지로 발전했다. 신문은 정부가 아닌 국민여론에 봉사해야 한다는 언론의 독립성 전통을 세운 것으로 평가된다.

** Daily Herald. 1912~1964년에 발행되던 영국의 일간지로 노동운동을 지지했다.

다. 재차 말하지만 어디서도 알아듣기 쉽게 이런 이야기를 하지 않는다. 판매 부수와 소비재 광고로 먹고사는 신문에서는 그런 말을 결단코 할 수 없다.

모든 프로파간다는

거짓이다

〈전시 일기〉(1942년 3월 14일) 중에서

모든 프로파간다는 거짓이다. 진실을 말하는 경우조차 그렇다. 내 생각에는 우리가 무엇을 하고 있는지, 그리고 왜 하고 있는지 아는 한은 이런 건 중요하지 않다.

누구나 적군의 잔혹 행위는 믿지만

아군의 잔혹 행위는 믿지 않는다

〈스페인내전을 돌이켜본다〉(1943) * 중에서

나는 스페인내전에서의 잔혹 행위에 관한 직접 증거가 별로 없다. 내가 알기에는 공화파가 몇 건을 저질렀고, 파시스트들이 이보다 훨씬 많이 저질렀다(그리고 지금도 저지르고 있다). 그러나 그때부터 지금까지 줄곧 인상에 강하게 남는 것은, 잔혹 행위를 믿는지 안 믿는지는 오로지 정파적 편애에 달려 있다는 사실이다. 누구나 적군의 잔혹 행위는 믿지만 아군의 잔혹 행위는 믿지

---

* 오웰은 1936년 스페인내전에 공화파 진영으로 참전했으며, 이를 토대로 장편 《카탈로니아 찬가 Homage to Catalonia》(1938)를 저술했다. 이 글 〈스페인내전을 돌이켜본다 Looking Back on the Spanish War〉는 스페인내전에 대한 오웰의 많은 증언 중 하나이다.

않는다. 증거 조사 따위는 신경도 쓰지 않고 말이다. 최근에 나는 1918년부터 현재까지 벌어진 잔혹 행위를 표로 만들어보았다. 어디에선가 잔혹 행위가 벌어지지 않았던 적은 단 한 해도 없었다. 그리고 좌파와 우파에서 동시에 같은 이야기를 믿는 경우 역시 단 한 건도 없었다. 더욱 괴이한 일은 정치 지형이 바뀌면 언제든 상황도 갑자기 뒤집혀서, 어제까지는 철저히 검증되었던 잔혹 행위 이야기가 하루아침에 얼토당토않은 거짓말이 될 수 있다는 것이다.

지금 벌어지고 있는 전쟁에서 우리가 처한 상황은 기이하다. 우리의 '잔혹 행위 선전'이 대부분 개전도 하기 전에 이루어진데다, 대부분 평소 의심이 많다는 데 자부심을 갖는 좌파에 의해 행해진 것이다. 같은 시기에 1914~1918년[제1차 세계대전] 당시의 잔혹 행위에 대한 소문을 퍼뜨리던 우파는 나치 독일을 빤히 지켜보면서도 그들의 악행은 보지 않겠다며 단호히 거부했다. 그러고 나서 전쟁이 터지자 곧 어제의 친나치주의자들은 괴담을 되풀이했던 반면에, 반나치주의자는 갑자기 게슈타포가 정말 존재하는지 의심했다. 비단 독소불가침조약의 결과만도 아니다. 이는 부분적으로 전쟁 발발 전에는 좌파가 영국과 독일은 싸우지 않을 테니 동시에 양쪽을 반대할 수 있다고 오판했기 때문이다. 또 부분적으로는 공식적 전쟁 프로파간다의 역겨운 위선과 독선으로 인해, 지각 있는 사람들은 언제나 적을 동정하는 경향을 띠기 때문이다. 1914~1918년의 조직적 거짓말 때문에 치른 대가 중 일부는 그 반작용으로 지나친 친독일 현상이 뒤따랐다는 것이다. 1918~1933년[제1차 세계대전 종전부터 독일의 나치 집권까지] 사이에는 좌익 서클에서 독일이 전쟁에 대해 일말의 책임이 있다고 하면 야유를 들었다. 내가 이 시기에 들었던 베르사유조약*에 대한 모든 맹렬한 비난 중에서, "만약 독일이 이겼다면 어떤 일이 벌어졌을까?" 같은 질문은 들어본 적이 없는 것 같다. 그건 토론은 고사하고 언급조차 되지 않았다. 잔혹 행위도 마찬가지다. 진실도 적의 입에서 나오면 거짓이 되는 듯하다. 최근 들어서 나는 1937년 일본이 자행한 난징대학살에 관한 무시무시한 이야기는 빠짐없이 사실로 받아들이던 바로 그 사람들이, 1942년 홍콩에서 벌어진 똑같은 이야기**는 믿지 않으려 한다는 걸 알게 됐다. 심지어 난징에서의 잔혹 행위가 이를테면 소급적으로 거짓이 되었다고 느끼는 추세마저 있었는데, 그 이유는 영국 정부가 그 사건으로 관심을 돌리려 했기 때문이다.

하지만 불행하게도 잔혹 행위에 관한 진실은 그에 대한 거짓말과 프로파간다보다 훨씬 심각하다. 진실은 그런 일이 벌어진다는 것이다. 이를 의심하는 근거로 곧잘 드는 사실, 즉 전

---

* Treaty of Versailles. 1919년 6월 28일 제1차 세계대전 전후 처리를 위해 독일과 승전 연합국이 맺은 평화협정으로, 독일에 막대한 배상을 요구하는 내용을 담고 있다.

** 1941년 12월 25일에 영국령 홍콩을 점령한 일본군이 그 후에 자행한 민간인 학살을 말한다.

쟁마다 늘 똑같이 살벌한 이야기가 회자된다는 사실은 오히려 이런 이야기가 진실일 가능성을 더욱 높일 뿐이다. 분명 이런 이야기는 널리 퍼져 있는 환상이며, 전쟁은 이런 환상을 실행에 옮길 기회를 준다. 또한 이제는 철 지난 이야기이기는 하지만, 대략 '백군'이라 불릴 만한 자들이 '적군'보다 극악한 잔혹 행위를 훨씬 많이 저지른다는 데는 의문의 여지가 없다.* 예를 들어 일본인이 중국에서 저지른 행위에는 추호도 의심할 여지가 없다. 또한 지난 10년 동안 유럽에서 파시스트가 저지른 잔인무도한 행위에 대한 숱한 이야기에도 의심할 여지가 별로 없다. 증언은 수두룩하고, 그 상당수는 바로 독일의 신문과 라디오에서 흘러나온다. 이런 일들은 정말로 벌어졌으며, 우리는 똑똑히 주시하고 있어야 한다. 비록 그런 일이 벌어졌다고 말한 게 핼리팩스 경**이라고 해도, 실제 벌어진 일이란 건 변함없다. 중국의 여러 도시에서 행해진 강간과 학살, 게슈타포 지하실에서의 고문, 나이 든 유대인 교수들을 구덩이에 처박은 일, 스페인에서 길 위의 피난민들에게 기관총을 난사한 일. 모두 일어났다. 그리고《데일리 텔레그래프Daily Telegraph》에서 5년이 지나서 갑자기 이런 일을 알아냈다고 해도, 그 일이 벌어지지 않은 건 아니다.

* 러시아내전에서 볼셰비키 혁명파인 적군과 그 반대파인 백군에 빗댄 표현이다.
** Lord Halifax(1881~1959). 1938~1940년 영국 외무장관을 역임한 정치가로서, 1936~1938년 대독일 유화정책을 설계했다.

스페인에서 처음으로
전혀 사실무근인 내용을 보도하는
신문을 보았다

〈스페인내전을 돌이켜본다〉(1943) 중에서

스페인 공화파 정당들 사이의 권력투쟁은 이제 떠올리고 싶지도 않은 불행한 과거사이다. 이 일을 언급하는 이유는 다만 인민전선 정부Government* 측의 내부 문제에 대한 어떤 글을 읽더라도, 털끝만큼도 믿지 말거나 아주 약간만 믿으라고 말하기 위해서다. 출처가 어디든 여지없이 당파적 프로파간다, 즉 거짓말이다. 전쟁에 관한 개략적 진실은 무척 단순하다. 스페인의 부르주아는 노동운동을 궤멸시킬 기회를 잘 포착했고, 나치와 전 세계 반

---

* 스페인내전 개전 당시 스페인 제2공화국의 공화파 인민전선 정부를 말한다. 이 글 집필 당시 집권하고 있던 프랑코 정부와의 혼동을 막기 위해, 이 글에선 "Government"를 "인민전선 정부"로 옮겼다.

동 세력의 도움으로 그 기회를 움켜쥐었던 것이다. 이보다 명약관화한 사실이 있을지 의문스러울 정도이다.

나는 아서 쾨슬러*에게 "역사는 1936년에 멈췄다"라고 말했던 것을 기억한다. 그는 내 말을 바로 알아듣고 고개를 끄덕였다. 우리 둘 다 전반적인 전체주의에 대해 생각하고 있었으나, 특히 스페인내전을 염두에 두고 있었다. 나는 젊을 때부터 신문이 어떤 사건도 바르게 보도하지 않는다는 걸 알아차렸지만, 스페인에서 처음으로 전혀 사실무근인 내용을 보도하는 신문을 보았다. 사실과의 관계를 변변찮은 거짓말로라도 암시하는 일조차 하지 않았다. 아무 싸움도 벌어지지 않은 곳에서 엄청난 전투가 벌어졌다고 보도하는 것을 보았고, 수백 명이 죽은 곳에 대해 철저히 함구하는 것을 보았다. 용감하게 싸운 병사들을 겁쟁이와 배신자라고 힐난하는 것을 보았고, 총격전 한 번 못 본 사람들을 꾸며낸 승리를 쟁취한 영웅이라며 환영하는 것을 보았다. 그리고 런던의 신문들이 이런 거짓말을 받아서 팔아 치우는 것을 보았고, 열성적인 지식인들이 벌어지지도 않은 사건 위에 감정의 상부구조를 쌓는 것을 보았다. 실로 나는 벌어진 일이 아니라, 여러 '당 노선'에 따라 벌어져야 했던 일이 역사로 기록되는 걸 본 것이다. 하지만 이 끔찍했던 모든 일이 어떤 면에서는 하찮은

---

* Arthur Koestler(1934~1983).《한낮의 어둠 Darkness at Noon》등을 저술한 영국 작가로서, 공산당원으로 활동했으나 파시즘 등장 및 독소불가침조약 이후 공산주의를 비판했다.

일이었다. 이 모든 것은 부차적 쟁점이었다. 다시 말해서 코민테른*과 스페인 좌익 정당들 간의 권력투쟁이나, 스페인에서의 혁명을 저지하려는 러시아 정부의 노심초사에 관련된 것이다. 그러나 스페인 인민전선 정부가 세계에 제시한 전쟁의 전반적 그림은 거짓이 아니었다. 인민전선 정부가 말하는 바로 그 내용이야말로 주요 쟁점이었다. 그렇지만 파시스트와 그 후원자들의 경우, 어떻게 이만큼이나마 진실에 다가갈 수 있겠는가? 어떻게 자기들의 진짜 목적을 언급할 수 있겠는가? 전쟁에 대한 그들의 해석은 순전히 공상이었고, 당시의 판국에서는 그럴 수밖에 없었다.

나치와 파시스트가 이용할 수 있는 유일한 프로파간다 노선은 러시아의 독재로부터 스페인을 구원하는 기독교 애국자를 자처하는 것이었다. 여기에는 인민전선 정부가 통치하는 스페인에서 삶은 기나긴 학살일 뿐이라는 거짓 주장도 들어 있었다 (《가톨릭 해럴드 Catholic Herald》나 《데일리 메일》**을 보라. 그러나 이들은 대륙의 파시스트 언론에 비하면 애들 장난이다). 또 러시아의 개입 규모에 대한 엄청난 과장도 들어 있었다. 전 세계의 가톨릭 언론과 반동 언론이 세운 거대한 거짓의 피라미드 중에서

* Comintern. 1919년 창설된 국제공산당 Communist International의 약칭이다.

** Daily Mail. 1896년 창간된 타블로이드 신문으로 전간기에는 파시즘을 지지했다.

하나만 말해보자. 러시아 군대가 스페인에 주둔했다는 이야기이다. 프랑코의 열성 지지자들은 누구나 러시아 군대의 주둔을 믿었고, 병력은 자그마치 50만 명으로 추산했다. 그러나 사실 스페인에 러시아 군대는 없었다. 최대로 잡아도 고작 수백 명인 소수의 항공병 및 여타 기술자만 있었지, 군대는 없었다. 수백만 명의 스페인 사람은 말할 것도 없고, 스페인에서 싸운 수천 명의 외국인이 그 증인이었다. 그렇지만 프랑코 정권의 선전가들은 그들의 증언 따위는 아랑곳하지 않았는데, 그자들 중 스페인 인민전선 정부 통치 지역에 발을 들여놓은 자는 단 한 명도 없었다. 같은 시기 독일과 이탈리아 언론이 자기 '군단'의 위업을 공공연히 자랑하고 있을 때에도, 이 선전가들은 독일이나 이탈리아의 개입을 인정하지 않았다. 나는 단 하나의 예를 들었지만, 사실 파시스트의 전쟁 프로파간다는 몽땅 이런 수준이었다.

이런 일들이 나는 무섭다. 종종 이 세상에서 객관적 진실이라는 바로 그 개념이 스러져간다는 느낌을 주기 때문이다. 결국 그런 거짓 혹은 적어도 그에 버금가는 거짓이 역사의 일부가 될 것 같다. 스페인내전의 역사는 어떻게 기록될까? 프랑코가 정권을 계속 쥐게 되면 그가 지목한 자들이 역사책을 쓸 테고, (앞서 든 예에 관해 다시 말하자면) 있지도 않던 러시아 군대는 역사적 사실이 될 터이며, 학생들은 대대로 그렇게 배우게 될 테다. 하지만 아주 가까운 장래에 결국 파시즘이 패퇴하고, 스페인에 어떤 민주 정부가 복원된다고 가정해보자. 설령 그렇더라도,

전쟁의 역사는 어떻게 기록될까? 프랑코는 어떤 기록을 남겨둘까? 인민전선 정부 측에서 보관하고 있는 기록도 복원할 수 있다고 가정해보자. 비록 그렇다고 할지라도, 전쟁의 진실한 역사는 어떻게 기록될까? 이미 지적한 바와 같이, 인민전선 정부 역시 거짓을 널리 써먹었다. 반파시스트의 시각으로 그 전쟁에 대해 얼추 진실한 역사를 쓸 수도 있겠지만, 그래도 당파적 역사일 것이고 사소한 문제 하나하나까지 신뢰할 수는 없을 것이다. 그래도 결국 어떤 유의 역사가 기록될 것이다. 그리고 전쟁을 실제로 기억하는 사람들이 세상을 떠난 후에는, 누구나 그 역사를 받아들일 것이다. 그렇게 온갖 현실적인 목적을 위해서, 거짓은 진실이 될 것이다.

우리 시대의 특징은
진실한 역사를 쓸 수 있다는 생각에 대한
체념이다

〈스페인내전을 돌이켜본다〉(1943) 중에서

기록된 역사는 대부분 어떤 식으로든 거짓말이라고 말하는 게 유행임을 알고 있다. 나 역시 역사는 대부분 부정확하며 편향되었다고 믿지 못할 이유가 없다. 하지만 우리 시대의 특징은 진실한 역사를 쓸 수 있다는 생각에 대한 체념이다. 예전 사람들은 의식적으로 거짓말을 하거나, 무의식적으로 자기 글을 윤색하거나, 아니면 실수가 잦을 수밖에 없음을 잘 알면서도 진실을 찾으려 애썼다. 그러나 어떤 경우에도 '사실'이 존재하며, 또 어느 정도는 발견할 수 있다고 믿었다. 또한 실제로 대다수가 동의하는 사실들이 항상 꽤 많았다. 예를 들어 [영국에서 나온] 《브리태니커 백과사전》에서 지난 전쟁의 역사를 뒤적여보면, 꽤 많은 사료의 출처가 독일이다. 물론 영국과 독일의 역사학자는 적지 않은 부분에서, 심지어 기초적인 부분에서도 이견이 클 것이다. 그러나 서로에게 심각하게 이의를 제기하지 않을 부분, 말하자면 중립적인 사실이 여전히 있을 것이다. 전체주의는 바로 모든 인간이 하나의 동물 종임을 함의하는 이러한 합의의 공통적 기초를 헐어낸다. 나치의 이론은 '진실' 같은 것의 존재를 실로 딱 부러지게 부인한다. 이를테면 '과학' 같은 것은 없다. '독일 과학', '유대 과학' 등이 있을 뿐이다. 이러한 사고방식은 암암리에 총통이나 집권 세력이 미래뿐 아니라 과거까지 통제하는 악몽 같은 세계를 목표로 한다. 만일 총통이 이러이러한 사건에 대해 "절대로 일어난 적 없다"라고 말한다면, 그렇다, 절대로 일어난 적이 없는 것이다. 그가 2 더하기 2가 5라고 말한다면, 그렇다, 2 더하기 2는 5다. 이러한 전망은 내게 폭탄보다 한층 더 무시무시하다. 그리고 지난 수년간의 경험상 실없는 소리가 아니다.

그런데 전체주의가 지배하는 미래상을 그리며 겁을 집어먹는 건 어쩌면 유치하거나 병적인 게 아닐까? 하지만 전체주의 세계가 이루어질 리 없는 악몽이라고 기각하기 전에, 현재의 세계도 1925년에는 이루어질 리 없는 악몽으로 보였으리라는 점을 명심해야 한다. 검은색이 내일은 흰색이 되고 어제 날씨도 법령으로 바꿀 수 있는 변화무쌍한 환등幻燈 같은 세상, 이를 막기 위한 현실적 보호 장치는 두 가지밖에 없다. 하나는 아무리 진실을 부인하더라도 그 진실은 말하자면 등 뒤에 여전히 존재하고 있으며, 따라서 진실을 침해해도 군대의 힘은 무너지지 않는다는 것이다. 다른 하나는 지구의 일부가 정복되지 않고 남아 있는한, 자유주의의 전통도 살아남을 수 있다는 것이다. 하지만 파시즘이, 어쩌면 나아가 몇몇 파시즘의 연합이 온 세상을 정복한다고 가정한다면, 이 두 가지 조건은 사라진다. 우리 영국인은 이러한 종류의 위험을 과소평가한다. 우리의 전통과 우리가 왕년에 안전했다는 사실로 인해, 결국 전부 좋아질 것이고 저 가장무시무시한 일은 실은 결단코 일어나지 않으리라는 감상적인 믿음을 가지게 되었기 때문이다. 마지막 장에서는 언제나 정의가승리하는 문학을 수백 년 동안 읽으며 커온 우리는, 최후에는 악이 늘 패배한다고 반쯤 본능적으로 믿는다. 가령 평화주의도 대체로 이런 믿음에 기초한다. 악에 저항하지 말라. 악은 어떻게든자멸할 테니. 그렇지만 왜 꼭 그렇다는 건가? 그렇다는 증거라도있는가?

독일은 연합국 방송 청취를
형사 범죄로 만들어

그 방송을 진실로
받아들이게 했다

탕예 린[*]의 《어둠 속의 목소리 : 유럽의 라디오 전쟁 이야기》서평
(《트리뷴》, 1943년 4월 30일) 중에서

'우방' 국가를 향한 프로파간다를 해야 했던 사람은 BBC 유럽 방송이 부러울 수밖에 없다. BBC의 상대는 호락호락하다! 외세 강점하에 사는 사람들은 필연적으로 뉴스에 굶주려 있으며, 독일은 연합국 방송 청취를 형사 범죄로 만들어 그 방송을 진실로 받아들이게 했다. 하지만 BBC 유럽 방송의 강점은 여기까지다. 독일 현지를 빼고는, 어디서든 그 방송을 듣는다면 아마도 그 내

---

*   Edward Tangye Lean(1911~1974). 영화감독 데이비드 린David
     Lean의 동생이자, J. R. R. 톨킨John R. R. Tolkien과 C. S. 루이스
     Clive S. Lewis도 회원이던 옥스퍼드의 문학 토론 모임 잉클링스 클
     럽Inklings club의 창립자이다. BBC 대외방송국장을 역임했다.

용을 믿을 것이다. 그렇지만 듣는 것 자체가 힘들고, 무슨 말인지 알아듣기는 더더욱 힘들다. 탕예 린의 이 흥미진진한 책은 주로 이러한 고충을 다룬다.

우선 물리적이고 기술적인 장애물이 있다. 꽤 좋은 라디오가 없다면 외국 방송 채널을 찾기가 그리 쉽지 않고, 모든 적국의 방송은 방송 시간과 주파수를 언론에 광고할 수 없다는 엄청난 약점으로 고군분투한다. 심지어 청취 금지 같은 게 없는 영국에서도 〈뉴 브리티시 New British〉나 〈워커스 챌린지 Workers' Challenge〉 같은 독일 '자유' 방송을 들어본 사람은 없다시피 하다. 게다가 전파 방해도 있고, 무엇보다 게슈타포가 있다. 단지 BBC를 들었다는 이유로, 유럽 전역에서 셀 수 없이 많은 사람을 형무소나 강제수용소로 보내고 일부는 처형했다. 감시가 엄한 나라에서는 이어폰으로 들어야 안전하겠지만, 이어폰을 손에 넣을 수 없을 것이다. 아마도 예비 부품이 부족한 탓인지, 어차피 작동하는 라디오도 점점 줄고 있다. 이러한 물리적 난점 때문에 깔끔하게 풀 수 없는 커다란 문제, 즉 무슨 말을 해야 안전한가 하는 문제가 생겨난다. 당신의 방송을 듣는 잠재적 청취자가 예를 들어 한밤중에 찬 바람 드는 헛간에서, 혹은 이불을 뒤집어 쓰고 이어폰으로 방송을 듣기만 해도 목숨이 위태롭다면, 프로파간다를 시도할 가치가 있는가, 아니면 '사실을 전하는' 뉴스만 방송 가치가 있다고 해야 하는가? 아니면 군사적으로 도와줄 수 없는 사람들에게도 명백히 선동적인 프로파간다를 하는 게 이득이 되는가? 또 프로파간다의 관점에서 볼 때 진실을 말하는 편이 나은가, 아니면 혼란스러운 풍문을 퍼뜨리며 모두에게 모든 것을 약속하는 편이 나은가? 점령지 주민이 아니라 적에게 말을 거는 경우라면, 언제나 근본적인 문제는 회유할지, 위협할지이다. 영국과 독일의 라디오 모두 이 두 정책 사이에서 동요했다. 뉴스의 진실성에 있어서는 BBC가 중립적이지 않은 어떤 라디오보다도 낫다. 물론 다른 애매한 점들에 대한 BBC의 정책은 보통 타협이고, 이런 타협은 가끔 양쪽의 가장 나쁜 점만 합쳐놓곤 한다. 하지만 유럽으로 내보내는 방송 내용이 세계 다른 어떤 지역으로 내보내는 방송보다 지적으로 수준이 높다는 건 의문의 여지가 없다. 현재 BBC는 유럽에서는 30개 이상의 언어로, 전 세계로 보면 거의 50개 언어로 방송을 송출한다. 이는 무척 복잡한 작업이다. 1938년 이후로 영국에서 해외 라디오 프로파간다 사업은 모두 임시변통으로 이루어졌음을 기억한다면 말이다.

탕예 린의 책에서 가장 쓸모 있는 부분은 아마도 프랑스 공방전* 중에 독일이 했던 라디오 캠페인에 대한 세심한 분석 같다. 독일은 비범한 솜씨로 진실과 거짓을 섞은 듯하다. 전황에 대해서는 아주 정확한 뉴스를 제공하는 동시에, 공황을 빚어내도록 계산된 허황된 풍설을 퍼뜨렸다. 프랑스 라디오 방송은 공

---

* Battle of France. 제2차 세계대전 중 1940년 5월 10일~6월 25일추축국과 연합국 사이에 벌어진 전투로, 프랑스의 항복으로 끝났다.

방전 중에 거의 진실을 말하지 않은 듯했고, 대부분의 시간 동안 뉴스를 아예 전하지 않았다. 가짜 전쟁* 기간 동안 프랑스는 독일의 프로파간다에 주로 전파 방해로 대응했는데, 잘 통하지 않거나 혹여 통하더라도 무언가를 숨긴다는 인상을 주었기 때문에 형편없는 방법이었다. 이 기간에 독일은 교묘한 방송 프로그램으로 프랑스군의 사기를 차츰 무너뜨렸다. 지루해하는 프랑스 병사들에게 가벼운 오락물을 제공하는 동시에, 영국과 프랑스가 서로 시기하게 만들고 독소불가침조약이 지닌 선동적인 매력을 이용해 먹은 것이다. 독일은 프랑스 송신소를 수중에 넣자마자 한참 전부터 준비해둔 프로파간다와 음악 방송을 곧바로 내보낼 수 있었다. 이는 모든 침략군이 명심해야 하는 세부 준비 사항인 것이다.

　　프랑스 공방전은 군사적으로 독일에 꽤 유리하게 전개되었기에, 탕예 린의 설명을 읽으면 독일의 승리에서 라디오가 한 역할을 과대평가하고 싶어질지 모른다. 그런데 탕예 린이 소상히 논하지 않고 슬쩍 지나친 문제가 있다. 그것은 대체 프로파간다가 혼자 힘으로 어떤 일이라도 이룰 수 있는 것인지, 아니면 이미 일어나고 있는 일을 보다 빠르게 할 뿐인지의 문제다. 아마

---

* Phoney war. 개전했지만 전투는 일어나지 않는 시기를 뜻하며, 1939년 9월 3일 영국과 프랑스의 대독 선전포고부터 1940년 5월 10일 독일의 프랑스 침공까지 여덟 달 동안의 유럽 서부전선의 상황을 가리킨다.

도 후자가 맞을 텐데, 그 이유는 부분적으로 라디오 자체가 전쟁을 예전보다 더 진실한 일로 만드는 예상치 못한 효과가 있기 때문이다. 일본처럼 멀리 떨어져 있는 데다가 사람들에게 단파수신기가 없어서 고립된 나라를 제외하면, 나쁜 뉴스를 감추기란 매우 어렵다. 그리고 자기 나라에서는 제법 진실하면서, 적에게는 새빨간 거짓말을 하기란 어렵다. 이따금 시의적절한 거짓말(1914년에 러시아 군대가 영국을 거쳐 갔다거나, 1940년 6월 독일 정부가 개를 모조리 도살하라고 명령했다는 거짓말이 그 예이다)은 탁월한 효과를 낳을 수도 있다. 그러나 일반적으로 프로파간다는 사실을 윤색하고 왜곡할 수는 있을지언정, 사실과 맞서 싸울 수는 없다. 언행이 일치하지 않는 것은 분명 장기적으로 도움이 안 된다. 꼭 비근한 예를 들지 않더라도, 독일의 신질서*의 실패가 이를 입증한다.

* New Order(독일어로 Neuordnung). 나치가 유럽과 세계의 정복을 꾀하며 수립한 세계 질서 재구성 계획이다.

히틀러는 유대인이 전쟁을 시작했다고 말할 수도 있으며,

그자가 살아남는다면 그것이 공식 역사가 될 것입니다

노엘 윌멧에게 보내는 1944년 5월 18일 타자 편지 * 중에서

모티머 크레센트 10a, 노스웨스트 런던 6

친애하는 윌멧 씨,

당신의 편지에 깊은 감사를 표합니다. 당신은 전체주의와 지도자 숭배 등이 정말 심해지고 있는지 묻고, 그것들이 이 나라와 미국에서는 분명 커지고 있지 않다는 사례를 들었습니다.

저는 전 세계적으로는 그런 일들이 늘어나는 중이라 생

---

* 영국군과 미국군이 노르망디 해변에 상륙하기 3주 전, 노엘 윌멧 Noel Willmett이라는 신원 미상의 인물에게 쓴 사적 편지이다.

각한다고, 혹은 그럴까봐 두렵다고 말씀드릴 수밖에 없습니다. 틀림없이 히틀러는 머지않아 사라지겠지만, 그 대신 (a) 스탈린, (b) 영국과 미국의 부호들, (c) 드골 Charles de Gaulle 같은 유형의 온갖 시시껄렁한 지도자들의 힘이 강성해질 것입니다. 곳곳의 모든 민족운동, 심지어 독일의 지배에 맞서는 항거로 시작된 민족운동도 비민주적인 모습을 하고, 초인적 지도자(히틀러, 스탈린, 살라자르,* 프랑코, 간디 Mahatma Gandhi, 데 벌레라**가 다양한 예입니다) 중심으로 뭉치며, 목적이 수단을 정당화한다는 이론을 신봉하는 것 같습니다. 세계 도처에서 이런 운동은 중앙 집중형 경제로 나아가고 있는 듯합니다. 이는 경제적 측면에서는 '제대로 작동'하도록 건설할 수 있더라도, 민주적으로 조직되지 않고 계급제를 고착시키는 경향이 있습니다. 이와 더불어 끔찍한 감정적 민족주의가 태동하고, 객관적 진실의 존재를 불신하는 경향이 발생합니다. 왜냐하면 모든 사실은 절대 오류가 없는 총통의 교시와 예언에 들어맞아야 하기 때문입니다. 어떤 의미에서 역사는 이미 종언을 고했습니다. 즉 만인이 받아들일 수 있는 동시대의 역사 따위는 없습니다. 그리고 정밀과학에 대해선 군사적으로 필요해서 어떤 선을 지키고 있지만, 더는 그렇지 않게 되

* António de Oliveira Salazar(1889~1970). 1932~1968년 포르투갈 총리를 지낸 독재자이다.
** Éamon de Valera(1882~1975). 아일랜드의 독립운동가로, 여러 차례 총리를 지냈으며 1959~1973년에 대통령을 역임했다.

면 그마저도 위태롭습니다. 히틀러는 유대인이 전쟁을 시작했다고 말할 수도 있으며, 그자가 살아남는다면 그것이 공식 역사가 될 것입니다. 그러나 히틀러는 2 더하기 2는 5라고 말할 수는 없습니다. 예컨대 탄도학적 목적을 위해서라도 2 더하기 2는 4가 되어야 하기 때문입니다. 하지만 제가 두려워하는 그런 세상, 즉 서로 정복하지 못하는 두세 개의 거대한 초강대국의 세상이 도래한다면, 총통이 원하면 2 더하기 2가 5도 될 수도 있습니다. 제가 아는 한, 우리는 실제 그런 방향으로 가고 있습니다. 물론 이 과정은 되돌릴 수 있지만 말입니다.

(…)

조지 오웰 올림

[서명] Geo. Orwell

우리는 사람들의 객관적 행동만

중요하다는 말을 들어왔다

〈나 좋을 대로〉[*](《트리뷴》, 1944년 12월 8일) 중에서

지난 몇 년간 나는 소책자를 부지런히 수집했고, 온갖 정치적 저술을 제법 꾸준히 읽었다. 그런데 갈수록 나(와 많은 사람들)의 눈에 띄는 것은 우리 시대의 정치적 논쟁에서 보이는 이례적인 사악함과 속임수이다. 비단 논쟁이 격렬하다는 뜻만은 아니다. 진지한 주제를 다룰 때는 마땅히 격렬해야 한다. 내 말은 토론 점수를 많이 딸 수만 있다면, 거의 아무도 상대방의 말을 공평하게 경청해야 한다거나 객관적 진실이 중요하다고 느끼지 않는

* "As I Please". 오웰이 BBC 근무(1941~1943)를 그만둔 후, 1943~1947년 영국의 좌파 일간지 《트리뷴Tribune》으로 이직하여 연재한 칼럼의 표제이다.

듯하다는 뜻이다. 내가 모은 (보수주의자, 공산주의자, 가톨릭교도, 트로츠키주의자, 평화주의자, 무정부주의자 등의) 소책자를 훑어보면, 강조점은 다양하지만 정신적 분위기는 거개가 똑같아 보인다. 아무도 진실을 찾지 않고, 모두가 공정함이나 정확함은 깡그리 무시한 채 '사례'를 들이댄다. 사실을 알고 싶지 않은 사람은 있는 그대로의 가장 명백한 사실도 묵살할 수 있다. 거의 모든 곳에서 똑같은 프로파간다적 속임수가 발견된다. 그 속임수를 분류하려면 이 신문 지면을 몇 장이나 할애해야 할 것이다. 그러나 나는 여기에서 널리 퍼진 논란의 여지가 있는 습관, 즉 상대방의 동기를 무시하는 일에만 주목하련다. 여기서 핵심어는 '객관적으로'이다.

우리는 사람들의 객관적 행동만 중요하다는 말을 들어왔다. 그들의 주관적 느낌은 중요하지 않다는 것이다. 따라서 평화주의자들은 전쟁에 총력을 기울이는 것을 방해함으로써 "객관적으로" 나치를 돕고 있다고 한다. 그러니 그들이 개인적으로는 파시즘을 강력히 반대하리라는 사실은 중요하지 않다. 나 자신도 그런 투로 말하는 실수를 여러 차례 저질렀다. 동일한 주장은 트로츠키주의자에게도 해당된다. 적어도 공산주의자들은 흔히 트로츠키주의자를 히틀러의 적극적이고 의식적인 첩자로 치부한다. 하지만 이것이 진실일 리 없다는 여러 확실한 이유를 들이대면, "객관적으로"라는 대사를 다시 읊조린다. 소비에트연방을 비난하는 일은 히틀러를 돕는 셈이므로, "트로츠키주의는 파시즘"

이란다. 이렇게 단언하고는 십중팔구 고의적 배신에 대한 비난을 되풀이한다.

　이것은 속임수일 뿐 아니라, 가혹한 대가를 수반한다. 만일 사람들의 동기를 무시한다면, 그들의 행위를 예견하기는 더욱 힘들어진다. 가장 크게 오판한 사람이라도 자기 행동의 결과를 알 때가 있기 때문이다. 여기 조잡하지만 꽤 있을 법한 예시가 있다. 중요한 군사 정보에 접근할 수 있는 일을 하는 평화주의자가 있다고 하자. 그에게 독일 첩보원이 접근한다. 이런 판국에서는 이 평화주의자의 주관적 느낌이 영향을 준다. 주관적으로 친나치라면 조국을 팔아넘길 것이고, 아니라면 그러지 않을 것이다. 그리고 이처럼 극적이지는 않아도 본질적으로는 비슷비슷한 상황은 끊임없이 일어난다.

　내 생각에 몇몇 평화주의자는 마음속으로는 친나치일 것이고, 극좌 정당에도 필시 파시스트 첩자가 숨어 있을 것이다. 중요한 것은 어떤 사람이 정직하고 어떤 사람이 그렇지 않은지 찾아내는 일인데, 늘 그렇게 싸잡아 지탄하면 더욱 난항을 겪게 된다. 논쟁에서 서로 증오하는 분위기는 이런 종류의 고려를 하지 못하도록 사람들의 눈을 가린다. 상대방도 정직하고 똑똑할 수 있다고 인정하는 일은 참을 수 없게 느껴진다. 바보이거나 악당이라고 혹은 둘 다라고 외치는 일은, 당장에는 정말 어떤 사람인지 알아내는 일보다 흡족하다. 우리 시대에 정치적 예견이 그토록 뚜렷하게 어긋났던 이유는, 무엇보다도 이러한 사고 버릇 때문이다.

민족주의를 애국주의와
혼동하면 안 된다

〈민족주의 비망록〉(《폴레믹》, 1945년 10월) 중에서

내가 말하는 '민족주의nationalism'는 우선 인간을 곤충처럼 분류할 수 있고, 자신만만하게 수백만 또는 수천만의 인민 전체에 '좋다'거나 '나쁘다'는 딱지를 붙일 수 있다고 생각하는 온갖 습성을 뜻한다. 하지만 훨씬 중요한 두 번째로는 자신을 단일민족이나 다른 집단과 동일시하면서, 이런 집단을 선악 너머에 둔 채 그것의 이익 증진이야말로 의무라고 받아들이는 습성을 뜻한다. 민족주의를 애국주의patriotism와 혼동하면 안 된다. 보통 두 단어 모두 너무 모호하게 사용되는 탓에, 어떻게 정의를 내려도 이의를 제기할 수 있다. 하지만 이 두 단어는 구별해야 한다. 이들에 결부된 이념은 상이할 뿐 아니라 심지

어 상반되기 때문이다. 내가 말하는 '애국주의'는 자신이 세상에서 으뜸이라 여기는 어떤 지역이나 어떤 삶의 방식에 헌신하면서도, 다른 사람에게 강요하고 싶어 하진 않는 것이다. 애국주의는 그 본질상 군사적으로나 문화적으로나 방어적이다. 반면에 민족주의는 권력욕과 따로 떼어 생각할 수 없다. 모든 민족주의자의 지속적 목적은 보다 큰 권력과 위세를 확보하는 것인데, 이는 자신을 위해서가 아니라 그 속에서 자신의 개성을 억누르기로 선택한 민족이나 여타 집단을 위해서이다.

(…) 내가 말하는 광의의 민족주의는 공산주의, 정치적 가톨릭주의, 시온주의, 반유대주의, 트로츠키주의, 평화주의 같은 운동과 경향까지 포함한다. 반드시 어떤 정부나 나라에 대한 충성을 의미하진 않으며, 자기 나라에 대한 충성은 더더욱 아니다. 심지어 그것이 향하는 대상이 꼭 실존해야 하는 것도 아니다. 몇몇 선명한 예시를 들자면 유대교, 이슬람교, 기독교, 프롤레타리아계급, 백인종은 모두 열렬한 민족주의적 정서의 대상이지만, 이들이 실존하는지 진지하게 의심할 수 있으며, 이들에 대한 모두가 수긍할 수 있는 정의는 하나도 없다.

(…) 현재의 정치를 예민하게 감지하는 사람들에게 어떤 주제는 위신에 대한 고려에 의해 너무 오염되어 있기 때문에, 진정 이성적으로 접근하기란 거의 불가능하다. 수백 가지 예를 들수 있지만, 이 질문을 택해보자. 소련, 영국, 미국이라는 강대한세 연합국 중에서 어느 나라가 독일을 물리치는 데 가장 큰 공을

세웠는가? 이론적으로는 합리적이고 어쩌면 심지어 결정적인 대답을 할 수 있어야 한다. 하지만 실제로는 여기에 필요한 계산을 할 수 없다. 왜냐하면 그런 질문으로 골치 않을 법한 사람은 누구든지 이것을 부득이 위신 쟁탈전의 관점에서 볼 것이기 때문이다. 그러므로 그는 러시아, 영국, 미국 중 어디를 지지하는지 선택하면서 출발하여, 그다음에야 비로소 자기 주장을 뒷받침하는 듯한 논거를 뒤지기 시작할 것이다. 그리고 이런 유의 줄줄이 이어지는 모든 질문에 대해 정직하게 답할 수 있는 이는 여기 관련된 모든 주제에 대해 무관심한 사람일 텐데, 그런 사람의 의견은 어차피 쓸모없을 것이다. 어느 정도는 이런 이유로 우리 시대에 정치적이거나 군사적인 예측은 크게 어긋난다. 별의별 학파의 온갖 '전문가' 중에서 단 한 사람도 1939년 독소불가침조약 같은 있음직한 사건을 예측 못한 것은 기이한 일이다.* 조약에 대한 뉴스가 터져 나오자 해석이 걷잡을 수 없을 정도로 분분했고, 여러 예측이 제기되었으나 거의 곧바로 틀렸다고 판명되었다. 이런 예측이 대부분 여러 가능성에 대한 연구가 아니라, 소련을 좋거나 나쁘게, 강력하거나 허약하게 보이게 하려는 욕구

---

* [원주] 피터 드러커Peter Drucker 같은 보수 성향의 소수 저술가들은 독일과 러시아의 협정을 예언했지만, 실질적인 연합이나 합병이 영구적으로 이루어지리라고 예상했다. 마르크스주의자를 비롯한 좌익 저술가들은 정치색이야 어떻든 간에, 아무도 이 조약을 비슷하게라도 예언하지 못했다.

에 기초했기 때문이다. 정치평론가나 군사평론가들은 점성술사 같아서, 어떤 실수를 해도 대체로 살아남는다. 헌신적인 추종자들은 그들에게서 사실에 대한 평가가 아니라, 민족주의적 충성심에 대한 자극을 기대하기 때문이다.* 또한 미학적 판단, 특히 문학적 판단은 정치적 판단과 똑같은 방식으로 타락하기 일쑤이다. 인도의 민족주의자는 키플링의 책을 즐겨 읽기 어려울 테고, 보수주의자는 마야콥스키**의 작품에서 장점을 찾기 힘들 것이다. 그리고 어떤 책의 성향에 동의하지 않으면, 그 책이 **문학적** 관점에서도 형편없다고 강변하려는 유혹은 늘 있다. 민족주의적 세계관에 치우친 사람들은 부정직하다는 자각도 없이 교묘한 속임수를 곧잘 저지른다.

---

* [원주] 대중지의 군사평론가들은 대개 친러시아와 반러시아, 친보수주의와 반보수주의로 분류할 수 있다. 마지노선이 난공불락이라 믿는다거나 러시아가 석 달 안에 독일을 정복하리라고 예측하는 오류를 범해도, 명성은 떨어지지 않았다. 늘 자기를 추종하는 특정 청중이 듣고 싶은 것만 말하기 때문이다. 지식인들이 가장 사랑하는 두 명의 군사 비평가는 리델 하트B. H. Liddell Hart 대위와 풀러John F. C. Fuller 소장이다. 전자는 방어가 공격보다 강하다고 가르치는 반면, 후자는 공격이 방어보다 강하다고 설파한다. 그러나 이런 모순에도 불구하고, 똑같은 대중이 두 사람 모두를 권위자로 인정하는 걸 막진 못한다. 좌익 서클에서 두 사람이 인기를 얻는 은밀한 이유는 둘 다 육군성과 사이가 나쁘다는 점에 있다.

** Vladimir Mayakovsky(1893~1930). 러시아의 혁명적 작가이자 배우이다. 뛰어난 서정성으로 러시아혁명을 정열적으로 찬미했으나, 이후 문학계의 공적 권위자들의 배척을 받다가 권총 자살했다.

현실에 대한

무관심

〈민족주의 비망록〉(《폴레믹》, 1945년 10월) 중에서

현실에 대한 무관심. 모든 민족주의자는 비슷한 사실들 사이의 유사성을 못 보는 능력이 있다. 영국 토리당*은 유럽의 민족자결권은 옹호하되 인도의 민족자결권은 반대하면서 아무런 모순도 느끼지 못할 것이다. 행위의 좋고 나쁨은 그 자체의 가치가 아니라 누가 그것을 하느냐에 따라 판가름 난다. 그리고 거의 모든 잔학 행위(고문, 인질 잡기, 강제 노동, 대규모 추방, 재판 없는 구금, 위조, 암살, 민간인 폭격)는 '우리' 편이 저지르면 도덕적 색깔

---

* Tory Party(1678~1832). 영국 보수당(1832~)의 전신으로, 왕권을 옹호하는 귀족이나 지주가 중심이었다.

이 바뀐다. 자유당[*]을 대변하는《뉴스 크로니클》은 충격적인 야만성의 사례라면서 독일인들이 러시아인들을 목매단 사진을 게재했지만, 한두 해 후에는 러시아인들이 독일인들을 목매단 모습이 담긴 거의 똑같은 사진을 게재하면서 훈훈한 지지를 보냈다.[**] 역사적 사건도 마찬가지다. 역사는 대체로 민족주의적 관점에서 고찰된다. 종교재판, 성실청星室廳[***]의 고문, 영국 해적 (예를 들어 스페인 포로들을 산 채로 바다에 수장시키곤 했던 프랜시스 드레이크 경)[****]의 약탈, 공포정치,[*****] 세포이항쟁[******]에

---

[*] Liberal Party(1859~1988). 휘그당Whig Party(1678~1868)의 후신으로, 1988년 사회민주당Social Democratic Party과 합당하여 자유민주당Liberal Democrats이 되었다.

[**] [원주]《뉴스 크로니클》은 처형 과정 전체를 클로즈업해 보여주는 뉴스영화를 찾아보라고 독자들에게 권했다.《스타 Star》는 파리의 폭도가 반라의 여성 부역자를 핍박하는 사진을 게재하며 지지를 표했다. 이런 사진들에는 베를린의 폭도가 유대인을 괴롭히는 장면을 찍은 나치의 사진과 뚜렷한 유사성이 있었다.

[***] Star Chamber. 과거 영국에서 일반 재판소에서 다루기 곤란한 정치적 범죄 등을 심리했던 특별 재판소로, 고문과 부당한 재판으로 악명 높아서 '불공정한 법원'을 상징한다.

[****] Francis Drake(1540?~1596). 엘리자베스 1세 시대 영국의 항해가이자 제독으로서, 서인도에서 약탈을 일삼았으나 세계 일주를 달성하여 대항해시대를 개척한 인물이다.

[*****] Reign of Terror(1793~1794). 프랑스혁명 중 폭력과 위협이 성행했던 시기를 뜻한다.

[******] Sepoy Mutiny(1857~1859). 인도 농민과 병사들이 영국에 맞서 일으킨 봉기이다.

서 수백 명의 인도인을 사살한 영웅들, 크롬웰*의 병사들이 아일랜드 여성들의 얼굴에 칼질을 한 일 등은 '정당한' 대의로 행해진다면 도덕적으로 중립적이거나 오히려 상찬받을 행위가 된다. 지난 25년을 되돌아보면, 전 세계 어딘가에서 잔혹 행위가 일어났다는 기사가 없던 적은 단 한 해도 없었다. 그런데도 영국의 지식인들은 (스페인, 러시아, 중국, 헝가리, 멕시코, 암리차르, 스미르나**에서 벌어진) 이런 잔혹 행위를 단 한 건도 믿지 않았고 깡그리 부인하기까지 했다. 그런 행위들이 비난받을 만한지는 고사하고, 정말로 일어났는지조차 언제나 정치적 선호에 따라 결정되었다.

민족주의자는 자기편이 저지른 잔혹 행위에는 반대하지 않을 뿐만 아니라, 이에 대해서는 듣지도 않는 비범한 능력이 있다. 영국의 히틀러 숭배자들은 거의 6년 동안 다하우와 부헨발

---

* Oliver Cromwell(1599~1658). 영국의 정치가이자 군인으로, 청교도혁명(1642~1651)에서 왕당파를 무찌르고 공화국을 세우는 데 공을 세웠다. 1653년 잉글랜드 군주제 철폐 이후 호국경Lord Protector으로서 잉글랜드, 스코틀랜드, 아일랜드를 다스렸다. 독실한 개신교도로서 아일랜드의 가톨릭을 철저히 탄압하고 잔혹한 학살을 저질렀다.

** Amritsar. 인도 서북부의 도시로, 1919년 4월 13일 영국군이 독립을 요구하는 인도 군중에게 발포하여 수많은 사상자를 낸 학살 사건이 벌어졌다. Smyrna(오늘날 터키의 이즈미르Izmir). 소아시아에 위치했던 항구도시로, 1922년 9월 터키군이 진입하여 방화, 약탈, 학살을 저지른 참사가 벌어졌다.

트*의 존재를 용케 모르는 척했다. 그리고 나치의 강제수용소를 비난하는 데 가장 큰 목소리를 내는 사람들은 러시아에도 강제수용소가 있음을 전혀 모르거나 아주 어렴풋하게만 아는 경우가 흔하다. 실제로 영국의 대다수 친러시아파는 수백만 명이 사망한 1933년 우크라이나 기근과 같은 큰 사건들에 그리 주목하지 않았다. 많은 영국인은 현재의 전쟁 동안 독일과 폴란드의 유대인들이 몰살당한 일에 대해 거의 들어보지 못했다. 그들 자신의 반유대주의 때문에 이 어마어마한 범죄가 의식에서 튕겨 나간 것이다. 민족주의자의 사고 내에는 진실인 동시에 거짓인 사실, 아는 동시에 모르는 사실이 있다. 아는 사실이라도 감당하기 곤란하면 으레 무시되어 논리적 사고 과정에 끼어들지 못하거나, 아니면 사고는 할 수 있더라도 자기 마음속에서는 절대 사실로 인정되지 않는다.

모든 민족주의자는 과거를 수정할 수 있다는 믿음에 사로잡혀 있다. 그들은 자기 시간 일부를 공상의 세계에서 보내는데, 그 안에서는 꼭 일어났어야 하는 일들이 벌어진다(이를테면 스페인 무적함대가 승리하거나, 러시아혁명이 1918년에 궤멸된다). 그는 이 세계의 편린들을 틈틈이 역사책에 옮겨놓을 것이다. 우리 시대의 프로파간다 저술들은 대부분 명백한 날조이다. 중요한 사실은 은폐되고, 날짜는 바뀌며, 인용구는 문맥으로부터 분

* Dachau와 Buchenwald. 나치의 강제수용소가 있던 곳이다.

리되어 의미를 바꾸기 위해 변조된다. 일어나지 말았어야 한다고 느끼는 사건들은 무시하다가 종국에는 부인한다.[*] 1927년 장제스는 공산주의자 수백 명을 산 채로 끓는 물에 빠뜨려 죽였는데도, 10년도 안 되어 좌파의 영웅이 되었다. 그가 국제정치 재편으로 반파시스트 진영에 편입되었기에, 공산주의자를 끓여 죽인 일 따위는 '중요하지 않거나' 어쩌면 벌어지지도 않은 것처럼 느껴졌다. 프로파간다의 첫째 목표는 물론 동시대의 여론에 영향을 미치는 것이다. 그러나 역사를 수정하는 사람들은 아마도 마음 한구석에서는 사실들을 과거 속으로 밀어 넣는다고 생각할 것이다. 러시아내전에서 트로츠키Leon Trotsky가 중요한 역할을 하지 않았음을 보여주기 위한 공들인 날조를 떠올려보면, 여기 책임이 있는 사람들이 단지 거짓말을 한다고 보기는 어렵다. 십중팔구 하느님이 보시는 관점에서는 자기가 해석하는 대로 일어났고, 그에 맞게 기록을 재구성해도 정당하다고 느낄 것이다. 세계의 한 부분을 다른 부분으로부터 봉인함으로써 객관적 사실에 대한 무관심을 부추기며, 따라서 실제로 벌어지고 있는 일을 들추어내기가 갈수록 어려워진다. 종종 엄청난 사건에 대한 진짜 의심이 들 수도 있다. 예를 들어서 지금의 전쟁으로 생긴 사망자

---

[*] [원주] 대중의 기억에서 순식간에 잊힌 독소불가침조약이 그 예이다. 한 러시아 특파원은 최근의 정치적 사건을 다루는 러시아 책들이 벌써 그 조약에 대한 언급을 누락하고 있다고 내게 귀띔해주었다.

수를 수백만 명 이하로, 아니 아마도 수천만 명 이하로 추산하는 건 말도 안 될 것이다. 끊임없이 보고되는 이 참사들(전투, 학살, 기근, 혁명)은 보통 사람에게 비현실적인 느낌을 불러일으키곤 한다. 그들에겐 사실을 확인할 방법이 없고, 그런 일들이 벌어졌는지조차 그다지 확실하지 않으며, 항상 다른 자료로부터 사뭇 다른 해석이 제시된다. 1944년 8월 바르샤바 봉기*에 대해서는 무엇이 옳고 무엇이 그른가? 폴란드에 있다는 독일의 가스실은 사실인가? 벵골 대기근**에 대해 정녕 지탄받을 자는 누구인가? 어쩌면 진실이 밝혀질 수도 있겠지만, 대다수 신문에서 사실들을 허위 보도할 것이므로, 평범한 독자로서는 그런 거짓말을 믿거나 어떤 의견도 갖지 못한다 해도 용서받을 수 있다. 실제로 벌어진 일이 전체적으로 알쏭달쏭하면 정신 나간 믿음에 집착하기 더 쉽다. 어차피 아무것도 낱낱이 입증되거나 반증될 수는 없으므로, 아무리 틀림없는 사실도 뻔뻔스럽게 부인할 수 있다. 더욱이 민족주의자는 권력, 승리, 패배, 복수에 하염없이 골몰하지

---

* Warsaw Rising(1944년 8월 1일~10월 2일). 제2차 세계대전 당시 독일로부터 바르샤바를 해방시키기 위해 폴란드 군인들이 일으킨 봉기이다. 독일군은 봉기를 진압하면서 최대 20만 명을 학살했는데, 이때 폴란드를 적극적으로 돕지 않은 소련에 대한 비판이 일기도 했다.

** Bengal famine. 1942~1944년 영국령 인도에서 약 200~300만 명이 아사한 대기근으로서, 원조 요청을 거절한 영국 처칠 내각이 비판을 받았다.

만, 현실 세계에서 벌어지는 일에는 다소 무관심한 경우가 흔하다. 민족주의자가 바라는 것은 자기 집단이 어떤 다른 집단을 이기고 있다고 **느끼는** 것인데, 이를 위한 보다 쉬운 방법은 자기 생각을 사실이 뒷받침해주는지 조사하기보다는 상대편을 논쟁에서 이기는 것이다. 모든 민족주의자의 논쟁은 고작 토론 동호회 수준이다. 참가자마다 하나같이 승리했다고 자신하기 때문에, 언제나 전혀 결론이 나지 않는다. 몇몇 민족주의자는 조현병자와 별반 다르지 않아서, 물질적 세계와 아무 연관이 없는 권력과 정복의 꿈에 둘러싸여 무척 행복하게 살아간다.

전술입니다, 동무들, 전술!

《동물농장》(1945) 중에서

스노볼을 추방한 후 셋째 주 일요일, 나폴레옹이 어쨌든 풍차를 지어야겠다고 발표하자 동물들은 약간 놀랐다. 나폴레옹은 왜 마음을 바꾸었는지는 말하지 않고, 이 추가 작업은 무지무지한 고역일 거라고 동물들에게 경고했을 따름이다. 또한 배급도 줄여야 할 수도 있다고 말했다. (…)

그날 저녁 스퀄러는 다른 동물들에게 나폴레옹이 실은 풍차를 결코 반대하지 않았다고 은밀히 말했다. 오히려 처음부터 풍차 건설을 주장한 건 그였고, 스노볼이 부화 창고 바닥에 그린 설계도는 사실 나폴레옹의 문서에서 훔친 거라는 얘기였다. 알고 보면 풍차는 나폴레옹의 창작품이었다는 것이다. 그러면 왜

나폴레옹이 그렇게 극렬하게 반대했냐고 누군가가 물었다. 스퀼러는 매우 교활한 표정으로 바라보았다. 그는 나폴레옹 동무가 빈틈없기 때문에 그랬다고 답했다. 나폴레옹이 풍차를 반대하는 **척한** 것은 위험하고 유해한 스노볼을 제거하기 위한 묘책일 뿐이었다. 이제 스노볼이 쫓겨났으니, 계획은 그의 방해 없이 내처 추진될 것이라고도 했다. 스퀼러는 이것을 일종의 전술이라고 말했다. 그리고 함박웃음을 띠고는 꼬리를 휘저으며 이리저리 경중경중 뛰면서 몇 번이나 반복했다. "전술입니다, 동무들, 전술!" 동물들은 그 단어가 무엇을 뜻하는지 아리송했다. 그렇지만 스퀼러의 말은 굉장히 설득력 있었고, 때마침 그의 옆에 있던 개 세 마리가 으르듯이 으르렁거리고 있어서, 아무것도 더 묻지 못하고 그 설명을 받아들였다.

틀림없이 예전에는

더 나빴다

《동물농장》(1945) 중에서

그 겨울은 지난겨울만큼 추웠고 식량도 한층 부족해졌다. 돼지
와 개에게 주는 배급을 빼면, 모든 배급이 다시 한 번 줄었다. 스
퀼러는 융통성 없이 배급량이 똑같다면 동물주의 원칙에 위배된
다고 설명했다. 어쨌든 그는 겉으로 보기에는 어떨지 모르지만,
기실 식량이 모자라지 **않다**고 다른 동물들에게 손쉽게 증명했
다. 물론 당분간은 배급량 재조정(스퀼러는 줄곧 "삭감"이 아니라
"재조정"이라고 말했다)이 필요하다고 드러났지만, 존스 시절에
비해서는 굉장히 나아졌다. 스퀼러는 새되고 빠른 목소리로 수
치를 줄줄 읽어대며, 동물들에게 존스 시절보다 귀리와 건초와
순무를 많이 받고 있고, 일하는 시간은 짧아졌으며, 식수 질도

좋아지고, 수명까지 길어졌다고 시시콜콜 증명해 보였다. 또한 동물 새끼들의 생존율이 높아지고, 외양간에는 밀짚이 넉넉해졌으며, 벼룩에 의한 피해도 줄었음을 보여주었다. 동물들은 그의 말을 미주알고주알 다 믿었다. 진실을 말하자면, 존스나 그가 상징했던 모든 것은 거의 기억에서 흐려졌다. 그들도 요즘 생활이 혹독하고 빠듯하다는 것, 자주 춥고 배고프다는 것, 깨어 있을 때는 대개 일만 한다는 것쯤은 알고 있었다. 하지만 틀림없이 예전에는 더 나빴다. 그들은 기꺼이 그렇게 믿었다. 뿐만 아니라 스퀼러가 어김없이 지적했듯, 그들은 그때는 노예였지만 이제는 자유의 몸이며, 그 사실이야말로 제일 중요한 차이였다.

얼음사탕

┐

산

└

《동물농장》(1945) 중에서

여름 중반이 되어 까마귀 모세가 홀연히 농장에 다시 나타났다.
지난 몇 년간 모습을 보이지 않았던 터였다. 변한 게 거의 없었
고, 여전히 무위도식했으며, 전과 똑같은 어조로 얼음사탕 산에
대해 늘어놓았다. (…) 모세는 큼직한 부리를 들어 하늘을 가리
키며 "저 위랍니다, 동무들"이라고 엄숙하게 말했다. "저 위에, 저
기 보이는 저 먹구름 바로 뒤편에, 거기에 얼음사탕 산이 있어
요. 우리 가엾은 동물들이 노동에서 해방되어 영원히 쉴 수 있는
행복의 나라랍니다!" 그는 언젠가 높이 하늘을 날다가 거기 가봤
는데, 토끼풀이 끝없이 만발한 들판을, 그리고 아마씨 깻묵과 각
설탕이 자라는 산울타리를 봤다고 주장하기까지 했다. 많은 동

117

물들이 그의 말을 믿었다. 그들은 이렇게 생각했다. 현재의 삶이 굶주리고 고달프다면, 다른 어디엔가 더 나은 세상이 있는 것이 올바르고 정의롭지 않을까? 딱 잘라 말하기 힘든 한 가지는 모세를 대하는 돼지들의 태도였다. 그들은 모두 모세가 말한 얼음 사탕 산 이야기는 거짓이라고 경멸하듯 말했다. 그런데도 모세가 농장에 머무르도록 허락했고, 일을 하지 않는데도 매일 맥주를 1질*씩 주었던 것이다.

---

*   1gill은 약 142cc이다.

《동물농장》과 관련하여
정보성 주요 당국자로부터 받았던

의견에 대해서는
이미 말씀드렸지요

〈《동물농장》의 출판 : "언론의 자유"〉
(1945년 8월 17일, 런던 / 1946년 8월 26일, 뉴욕) 중에서

핵심 발상만 놓고 보자면 이 책은 1937년에 처음 구상했지만, 1943년 말쯤까지는 집필을 시작하지 않았다. 이 책을 집필할 당시에는 (요즘은 책이 워낙 부족해서 책이라 부를 만한 것이면 일단 '판매'가 보장되는데도 불구하고) 출판에 상당한 난항을 겪을 것이 분명했다. 그리고 결국 출판사 네 군데서 거절당했다. 이 중에서 이데올로기 때문에 거절한 출판사는 한 곳뿐이었다. 두 곳은 어차피 여러 해 동안 반러시아 서적들을 출판 중이었고, 나머지 한 곳은 뚜렷한 정치색이 없었다. 실제로 한 출판사가 내 책을 수락하고는 출판에 착수했지만, 사전 협의를 마치고 나서 정보성*에 자문을 구하기로 결정했다. 정보성에서는 이 책을 출판

하지 말라고 경고를 했거나, 적어도 강력하게 권고를 한 모양이었다. 다음은 출판사의 편지에서 발췌한 내용이다.

《동물농장》과 관련하여 정보성* 주요 당국자로부터 받았던 의견에 대해서는 이미 말씀드렸지요. 그 의견 때문에 심각한 고민에 빠졌음을 고백해야겠습니다… 지금 이 책을 출판하려는 게 매우 경솔한 행동으로 여겨질 수 있음을 이제 알 것 같습니다. 이 우화가 일반적으로 독재자와 독재국가 전반에 대한 것이라면 출판해도 무방하겠지요. 하지만 러시아 소비에트연방과 두 독재자[레닌과 스탈린]가 나아가는 과정을 너무 빈틈없이 추적하고 있기 때문에, 다른 독재국가를 제외한 러시아에만 해당한다고 여겨질 수도 있다는 걸 이제 알게 되었습니다. 또 있습니다. 이 우화 속 지배계급이 돼지가 아니라면 그나마 덜 불쾌할 것 같습니다.** 제 생각에 지배계급으로 돼지를 고른 것에 대해 많은 사람들이 못마땅해할 것은

---

*　Ministry of Information(MOI). 매스컴과 선전 관련 업무를 담당하던 영국의 정부 부처이다. 제1차 세계대전 말기인 1818년 설립되어 1919년까지 운영되었고, 이후 제2차 세계대전 중인 1939~1946년에 다시 운영되었다. 조지 오웰의 《1984》에서 진실성Ministry of Truth은 영국 정보성이 모델로 알려져 있다.

**　[원주] 이런 수정 제안이 ○○ 씨의 발상인지, 아니면 정보부가 생각해낸 건지는 확실하지 않다. 그렇지만 어떤 공적인 분위기가 느껴지는 듯하다.

의심의 여지가 없습니다. 특히 조금 과민한 이들이 그렇겠지요. 러시아 사람들이 분명 그럴 것처럼요.

이런 일은 길조가 아니다. 정부 부처로부터 공공 지원을 받지 않는 책을 검열하는 권력이 있는 건 바람직하지 않다(전시라면 아무도 이의를 제기하지 않을 안보를 위한 검열은 예외이다). 그러나 현 시점에서 사상과 언론의 자유를 심각하게 위협하는 요소는 정보성이나 다른 정부 당국의 직접적 간섭이 아니다. 왜냐하면 출판사와 편집자가 특정 주제의 출판을 극구 회피하는 이유는 고발이 아니라 여론이 겁나서니까. 이 나라에서 작가나 언론인이 맞서야 할 최악의 적은 지적인 비겁함이다. 그리고 내가 보기에는 이 사실에 대해 마땅한 토론이 없었던 것 같다.

언론인 경력이 있고 편견이 없는 이라면 당국의 전시 검열이 별반 짜증나는 일은 아님을 인정할 것이다. 우리는 (응당히 예상되었음직한) 일종의 전체주의적 '조정'에 억눌린 적이 한 번도 없었다. 언론은 그럴 만한 불만이 어느 정도 있겠지만, 전반적으로 그동안 정부는 잘 처신해왔고 소수 의견에도 놀라울 정도로 관대했다. 그럼에도 영국의 문학 검열이 불길한 점은 대체로 자발적이라는 데 있다. 인기 없는 생각은 침묵을 강요받고, 불편한 사실은 쭉 비밀에 부쳐지는데, 여기에는 공식적 금지도 필요 없다. 외국에서 오래 살아봤다면 누구나, 세상을 떠들썩하게 하는 (그 자체가 그럴 만해서 머리기사를 장식하는) 뉴스인데도 영국 언론에는 나가지 않은 사례들을 알 것이다. 정부 간섭 때문이 아니라, 그런 특정한 사실을 언급하는 게 '온당하지 않다'는 사회의 일반적 묵계 때문이다. 일간지만 떠올려봐도 아주 쉽게 이해가 된다. 영국 언론은 극도로 중앙 집중형이고, 이들 대부분을 소유한 갑부들에겐 특정한 주요 화제들에 관해 부정직할 이유가 차고 넘친다. 하지만 이와 같은 은근한 검열은 도서와 정기간행물뿐 아니라, 연극, 영화, 라디오에도 작용한다. 어느 시기에나 통념은 있는데, 이는 생각이 제대로 박힌 사람이라면 모두 이의 없이 받아들이리라 여겨지는 생각들의 집합체이다. 그밖에 이러저러한 말을 하는 것이 꼭 금지되지는 않아도 말'하지 않는다.' 중기 빅토리아 시대에 숙녀가 있는 자리에서 바지trousers를 언급'하지 않았' 듯이 말이다. 시대를 지배하는 통념에 도전하는 사람은 이처럼 놀랄 만큼 효율적인 방법으로 침묵을 강요받고 있음을 깨닫는다. 또 정말로 인기 없는 견해는 대중지에서나 식자층의 잡지에서나 공정한 발언 기회가 거의 주어지지 않는다. 지금 이 순간 지배적인 통념이 요구하는 것은 소비에트 러시아를 향한 무비판적 찬양이다. 모두 그것을 알고, 거의 모두 그렇게 한다. 소비에트 정권에 대한 진지한 비판, 그리고 소비에트 정부가 감추길 바라는 사실의 폭로는 무엇이든 출간하기 어렵다. 그리고 우리의 동맹국에 아첨하는 이런 전국적 공모의 배경은 어처구니없게도 참된 지적 관용이다. 왜냐하면 소비에트 정부 비판은 용납되지 않지만, 최소한 우리 정부 비판은 상당히 자유롭기 때문이다. 거의 아무도 스탈린 비난은 출판하지 않지만, 처칠 비난은 무척 안전하다. 적어도 책과 정기간행물에서는 말이다. 그리고 5년간의 전쟁 내내, 그리고 그중에서 우리가 국가의 생존을 두고 싸운 2~3년 동안, 타협적 평화를 지지하는 무수한 책, 소책자, 기사는 아무런 간섭도 받지 않고 출판되었다. 더욱이 출판되면서 그다지 손가락질을 받지도 않았다. 소련의 위신이 관계되지 않는 한, 언론 자유의 원칙은 상당히 견실했던 셈이다. 물론 이외에도 금지된 주제들이 있다. 나는 그중 일부를 머지않아 다룰 예정이지만, 소련에 대한 만연한 태도는 가장 심각한 징후다. 이는 말하자면 자발적이며, 어떤 압력단체의 조치에 기인한 것도 아니기 때문이다.

나는 누구나
자기 의견을 가질

권리가 있다고
생각한다

〈《동물농장》의 출판 : "언론의 자유"〉
(1945년 8월 17일, 런던 / 1946년 8월 26일, 뉴욕) 중에서

여기에 관련된 쟁점은 매우 단순하다. 아무리 인기가 없어도(심지어 아무리 어리석어도), 모든 의견은 표명할 권리가 있는가? 이렇게 표현하면 영국 지식인은 거개가 "그렇다"라고 대답해야 한다고 느낄 것이다. 하지만 더 구체적으로 "스탈린 비난은 어떤가? 그런 비난도 표명할 권리가 있는가?"라고 묻는다면 대개 "아니다"라고 대답할 것이다. 이 경우에는 현재의 통념이 흔들리고, 그래서 언론 자유의 원칙은 무효가 된다. 지금 언론과 출판의 자유를 요구하는 것은 절대적인 자유에 대한 요구가 아니다. 사회 조직이 유지되는 한, 어느 정도의 검열은 언제나 있어야 하거나, 적어도 언제나 있을 것이다. 그러나 로자 룩셈부르크*의 말대로

124

자유는 "다른 사람을 위한 자유"이다. 볼테르**의 명언에도 동일한 원칙이 포함되어 있다. "나는 당신 말이 몹시 싫다. 하지만 당신이 그렇게 말할 권리를 지켜주기 위해서라면 목숨이라도 기꺼이 내놓겠다." 분명 서구 문명의 차별적 특징 중 하나인 지적 자유에 어떤 의미가 있다면, 그건 진실이라고 믿는 바를 말하고 출판할 권리가 모든 사람에게 있어야 한다는 뜻이다. 꽤 명백하게 공동체의 다른 구성원을 해치지만 않는다면 말이다. 자본주의적 민주주의와 서구판 사회주의 모두 최근까지 이 원칙을 당연시해 왔다. 이미 지적한 바와 같이, 우리 정부는 여전히 이 원칙을 존중하는 척이나마 하고 있다. 길거리의 평범한 사람들은 (아마 어느 정도는 어떤 생각에 대해 너그럽지 않을 만큼의 관심조차 없기 때문에) "나는 누구나 자기 의견을 가질 권리가 있다고 생각한다" 라는 생각을 모호하게나마 여전히 품고 있다. 그러나 실천적으로나 이론적으로 이런 원칙에 질색하기 시작하는 자들은 오직 혹은 적어도 주로 문학과 과학 분야의 지식인들, 바로 자유의 수호자가 되어야 할 그자들이다.

---

*   Rosa Luxemburg(1871~1919). 폴란드 출신의 독일 마르크스주의 사상가이자 정치가이다.

**   Voltaire(1694~1778). 프랑스 계몽주의를 대표하는 철학자, 역사가, 문학가이다.

지적 자유의 적은
항상 규율 대 개인주의를 내세워

자신의 논거를
정당화하고자 한다

〈문학 예방〉(《폴레믹》, 1946년 1월 / 《애틀랜틱 먼슬리》, 1947년 3월) 중에서

우리 시대에 지적 자유라는 개념은 두 방향으로부터 공격을 받고 있다. 한쪽에는 이론적인 앙숙인 전체주의 옹호자가 있고, 다른 한쪽에는 직접적이고 실질적인 앙숙인 독점과 관료주의가 있다. 그리고 진실성을 견지하고자 하는 작가나 언론인은 적극적인 박해보다는 사회의 일반적 흐름 때문에 좌절한다. 그들을 난감하게 하는 것으로는 몇몇 부자의 수중에 집중된 언론, 독점적 지배를 받는 라디오와 영화, 책에 돈을 쓰길 꺼리는 대중, 이 때문에 대다수 작가가 매문賣文으로 먹고살아야 하는 상황, 작가들이 살아남도록 돕지만 시간을 빼앗고 의견을 통제하기도 하는 정보성과 영국문화원 같은 공공단체의 개입, 지난 10년간 아무

도 빠져나가지 못하는 왜곡된 결과를 낳으며 지속된 전시 분위기 등을 들 수 있다. 우리 시대의 모든 것은 공모하여 작가를 비롯한 모든 예술가를 말단 공무원으로 전락시킨다. 그래서 위에서 내려주는 주제를 다루게 하고, 진실의 전모라고 여기는 것은 입 밖에도 못 내게 한다. 그런데도 이런 운명에 저항하려 하면 자기편의 도움조차 받지 못한다. 즉 그가 맞다고 보장해줄 광범위한 의견이 없는 것이다. 과거에는, 아니 적어도 프로테스탄트의 몇 세기 동안은, 반항의 이념과 지적 진실성의 이념이 뒤섞여 있었다. 정치적, 도덕적, 종교적, 미학적 이단자는 자신의 양심을 어기기를 거부한 사람이었다. 이단자의 관점은 다음 부흥성가에 요약되어 있다.

> 감히 다니엘 같은 이가 되라
> 감히 홀로 서라
> 감히 목적을 확고히 하라
> 감히 그것을 알리라

이 찬송을 시대에 맞게 바꾼다면, 각 행의 마지막을 '-지 말라'로 바꿔야 할 것이다. 왜냐하면 특이하게도 우리 시대에는 기존 질서에 저항하는 반항자들이, 아니 적어도 그중 가장 다수이고 특징적인 이들이 개인적 진실성이라는 생각에도 저항하기 때문이다. "감히 홀로 서라"는 실천적으로 위험할 뿐 아니라 이데올로기적으로도 범죄이다. 작가와 예술가의 독립은 뚜렷이 보이지 않는 경제 권력에 의해 침식될 뿐 아니라, 동시에 마땅히 독립을 수호해야 할 자들에 의해서도 약화된다. 여기서 내가 염려하는 것은 두 번째 과정이다.

언론과 출판의 자유는 보통 고민할 가치도 없는 논거들로 공격당한다. 강연과 토론을 해본 적이 있는 사람이라면 그런 유의 주장을 잘 알고 있다. 여기에서 자유는 허상일 뿐이라는 뻔한 주장이나, 민주주의 국가보다 전체주의 국가가 더 자유롭다는 주장을 다루려는 것은 아니다. 내가 다루고자 하는 것은 자유는 바람직하지 않으며, 지적 정직성은 반사회적 이기심의 한 형태라는 훨씬 탄탄하고 위험한 명제이다. 대개는 이 논점의 다른 측면들이 전면에 나타나지만, 언론과 출판의 자유를 둘러싼 논란은 알고 보면 거짓말이 바람직한지 그렇지 않은지에 대한 논란이다. 진짜 쟁점은 동시대의 사건들을 진실하게 전달할 권리, 혹은 모든 관찰자가 반드시 시달리는 무지, 편견, 자기기만에도 불구하고 이를 진실하게 전달할 권리이다. 이렇게 말하면 직설적인 '르포'만 중요한 문학 분야라는 말처럼 느껴질 수도 있다. 그러나 나는 이후에 문학의 모든 층위, 아니 아마 예술의 모든 층위에서, 그 형태는 미묘하게 달라도 똑같은 쟁점이 나타남을 보여주고자 한다. 그전에 보통 이 논란을 뒤덮고 있는 자질구레한 것들을 벗겨낼 필요가 있다.

지적 자유의 적은 항상 규율 대 개인주의를 내세워 자신의 논거를 정당화하고자 한다. 그러나 진실 대 허위라는 문제는 가능한 한 전면에 내세우지 않는다. 강조점은 그때그때 다르겠지만, 자신의 의견을 팔아치우길 거부하는 작가는 한낱 이기주의자로 낙인찍히곤 한다. 다시 말해서 스스로 상아탑에 갇혀 입 다물고 있길 원하거나, 개성을 과시한다거나, 부당한 특권을 유지하려고 도도한 역사의 흐름에 저항한다고 힐난하는 것이다. 가톨릭교도와 공산주의자의 닮은 점은 상대방이 정직한 동시에 똑똑할 수는 없다고 가정한다는 것이다. 이 둘은 '진실'은 이미 밝혀졌으며, 이단자는 정말 바보가 아니라면 '진실'을 은밀히 알면서도 그저 이기적인 이유로 반대한다고 넌지시 주장한다. 공산주의 문건에서 지적 자유에 공세를 퍼부을 때는 보통 "프티부르주아 개인주의", "19세기 자유주의의 허상" 등의 수사로 위장하며 "낭만적" 또는 "감상적" 같은 독설로 엄호한다. 하지만 이런 말들은 의미가 합의되지 않아서 반론하기도 곤란하다. 이런 방식으로 교묘하게 논쟁을 진짜 논점으로부터 이탈하게 한다. 완전한 자유는 계급 없는 사회에만 존재하며 우리가 그러한 사회를 만들기 위해 진력할 때 가장 자유롭다는 공산주의의 주장은 받아들일 수 있으며, 정녕 깨인 사람들이라면 받아들일 것이다. 그러나 일말의 근거도 없는 주장이 여기 슬며시 끼어든다. 공산당 자체가 계급 없는 사회 건설을 목표로 하고 있으며, 소련에서는 실로 이 목표가 실현되는 중이라는 것이다. 첫 번째 주장으로부터 두 번째 주장이 따라 나온다고 인정한다면, 상식 및 상식적

도의에 대한 그들의 공세는 대부분 정당화될 수 있다. 그러나 그 사이에 진짜 논점은 교묘히 회피한다. 지적 자유란 보고 듣고 느낀 바를 알릴 자유를 뜻하며, 사실과 느낌을 상상으로 날조하도록 강요받지 않을 자유를 뜻한다. "현실도피", "개인주의", "낭만주의" 등 저 뻔하고 장황한 비난은 단지 수사적 장치일 뿐이며, 그 목표는 역사 왜곡을 그럴듯하게 만드는 것이다.

15년 전에는 지적 자유를 옹호할 때 보수주의자와 가톨릭교도에 맞서야 했고, 파시스트에게도 (영국에서는 그리 유력하지 않았으므로) 약간은 맞서야 했다. 오늘날에는 공산주의자와 그 '동조자'에 맞서야 한다. 미미한 영국 공산당의 직접적 영향력을 과장해서는 안 되겠지만, 러시아의 **신화**가 영국의 지적인 삶에 미치는 해악은 뚜렷하다. 이 때문에 주지의 사실들도 은폐되고 왜곡되어, 우리 시대의 진실한 역사를 쓸 수 있을지 의심스러울 지경이 되었다. (…) 진실을 말하는 것이 "시기가 안 좋다"거나 누군가의 "간계에 놀아나는" 일이란 논리는 이의를 제기할 수 없다는 느낌을 준다. 그리고 자신이 용납한 거짓말이 신문을 넘어 역사책에까지 실릴 것이라는 전망에 근심하는 사람은 거의 없다.

때때로 주장하는 바와는 달리, 전체주의 국가의 조직적 거짓말은 군사적 기만 같은 임시방편이 아니다. 그런 거짓말은 전체주의에 필수 불가결하므로 강제수용소와 비밀경찰은 불필요해지더라도 유지될 것이다. 지식인 공산주의자들에게는 은밀한 전설이 있다. 러시아 정부가 비록 지금은 어쩔 수 없이 거짓 프로파간다와 재판 조작 등을 자행하지만, 이런 사실을 은밀히 기록하고 있으며 언젠가 공표할 것이라는 식이다. 나는 그렇지 않다고 확언할 수 있다. 왜냐하면 이런 행위에 담긴 심성은 자유주의 역사가의 심성, 즉 과거는 수정할 수 없으며 역사에 대한 올바른 지식은 당연히 소중하다고 믿는 심성이기 때문이다. 그러나 전체주의 관점에서 역사는 배우기보단 만들어야 할 것이다. 전체주의 국가는 사실상 신정국가이며, 그 지배계급은 지위를 유지하기 위해 결코 틀리지 않는 존재로 보여야 한다. 그러나 실제로는 누구라도 틀릴 수 있기 때문에, 이런저런 실수를 저지르지 않았음을 보여주기 위해서, 또는 이런저런 가상의 승리를 실제로 이루었음을 보여주기 위해서 과거의 사건들을 다시 정리할 필요가 자주 생긴다. 그러면 나아가 중대한 정책 변화가 일어날 때마다, 그에 상응하는 교의 변화와 역사적 명사名士에 대한 재평가가 요구된다. 이러한 일은 어디에서나 일어나지만, 어느 한 시기에 하나의 의견만 허용하는 사회에서는 노골적인 날조로 이어질 공산이 더 크다. 사실 전체주의는 과거에 대한 지속적인 수정을 요구하고, 결국에는 다름 아닌 객관적 진실의 존재에 대한 불신을 요구할 것이다. 이 나라에서 전체주의 지지자들은 절대적 진실에는 도달할 수 없으므로, 큰 거짓말이나 작은 거짓말이나 거기서 거기라고 주장하는 경향이 있다. 모든 역사적 기록은 편향적이고 부정확하다는 것이다. 다른 한편으론 실재하는 세계처럼 보이는 것이 환상임을 현대 물리학이 증명했다며, 따라서 감각의 증거를 믿는 것은 천박한 속물근성일 뿐이라고 주장하기도 한다. 전체주의 사회는 영속하게 되면, 아마 조현병적 사고 체계를 세울 것이다. 거기서는 상식의 법칙이 일상생활과 특정 정밀과학에서는 통용되어도, 정치가, 역사가, 사회학자에 의해서는 무시당할 수 있다. 과학 교과서 날조는 수치이지만, 역사적 사실의 날조는 흠이 아니라고 생각하는 사람은 이미 지천이다. 전체주의가 지식인에게 어마어마한 압력을 가하는 것은 바로 문학과 정치가 만나는 지점이다. 지금으로서는 정밀과학이 그 정도로 위협받고 있지는 않다. 이런 차이는 모든 나라에서 작가보다는 과학자가 정부를 지지하기 쉽다는 사실을 어느 정도 설명해준다.

우리 시대의 대다수 정치적 글쓰기는 아동용 장난감 부품처럼

미리 만들어진 구절들을 나사로 조립해놓은 것이다

〈문학 예방〉(《폴레믹》, 1946년 1월 / 《애틀랜틱 먼슬리》, 1947년 3월) 중에서

우리 시대의 대다수 정치적 글쓰기는 아동용 장난감 부품처럼 미리 만들어진 구절들을 나사로 조립해놓은 것이다. 이는 자기 검열의 피할 수 없는 결과다. 솔직하고 활력 넘치는 글을 쓰려면 대담하게 생각해야 하며, 대담하게 생각하면 정치적으로 정통일 수 없다. 지배적 정통이 오래전에 확립되었고 그리 심각하게 문제시되지 않던 '신앙의 시대'에는 달랐을 수 있다. 이런 경우에는 우리 정신의 상당 부분이 우리가 공식적으로 믿는 것의 영향력에서 벗어나는 게 가능했거나, 적어도 그럴 가능성은 있었을 것이다. 그렇더라도 유럽이 누린 유일한 신앙의 시대 동안 산문문학의 맥이 거의 끊겼다는 데 주목할 필요가 있다. 중세 내내

창의적 산문문학은 거의 없었고, 역사서 형태로 극소수 있었을 뿐이다. 사회의 지적 지도자들은 가장 진지한 사상을 천 년간 거의 변하지 않은 죽은 언어로 표현했던 셈이다.

그러나 전체주의는 신앙의 시대가 아니라 조현병의 시대를 약속한다. 어떤 사회가 전체주의화되는 것은 그 구조가 지독하게 인위적으로 변할 때이다. 즉 지배계급이 그 기능을 잃었으나 힘이나 속임수로 권력을 고수할 수 있을 때 전체주의가 된다. 그러한 사회는 아무리 오래 유지되더라도 결코 관용적이 되거나 지적으로 안정될 여유가 없다. 문학 창작에 요구되는 진실한 사실 기록이나 정서적 진실성도 절대로 허용하지 않는다. 하지만 전체주의 국가에 살아야만 전체주의에 의해 타락하는 것은 아니다. 단지 특정한 생각들이 유행하기만 해도, 그 독이 퍼져서 온갖 주제를 차례차례 문학의 목적에는 맞지 않게 만들 수 있다. 정통(혹은 종종 그렇듯이 심지어 두 개의 정통)이 강요되는 곳에선 어디든 좋은 글이 더 이상 나오지 않는다. 이는 스페인내전에서 뚜렷하게 나타났다. 수많은 영국 지식인들에게 스페인내전은 몹시 감동적인 경험이었지만, 진정성 있는 글을 쓸 수 있는 경험은 아니었다. 말하도록 허용된 것은 두 가지뿐이었고, 둘 다 명백한 거짓말이었다. 그 결과 전쟁은 방대한 출판물을 낳았지만 읽을 만한 것은 거의 없다.

상상은
야생동물 같아서

감금 상태에서는
새끼를 낳지 않는다

〈문학 예방〉(《폴레믹》, 1946년 1월 / 《애틀랜틱 먼슬리》, 1947년 3월) 중에서

사실 어떤 주제는 언어로 찬양할 수 없는데, 압제가 그중 하나이다. 그 누구도 종교재판을 찬양하는 양서를 써내지 못했다. 시는 전체주의 시대에도 살아남을 수 있다. 그리고 어떤 예술, 혹은 건축 같은 반半예술에는 심지어 압제가 이롭다고 볼 여지도 있다. 그러나 산문 작가에게는 침묵과 죽음 외에 선택의 여지가 없다. 우리가 알다시피 산문문학은 합리주의, 프로테스탄트의 시대, 자율적 개인의 산물이다. 그리고 지적 자유의 파괴는 언론인, 사회문제 저술가, 역사가, 소설가, 비평가, 시인을 순서대로 무력하게 만든다. 미래에는 개인적 감정이나 진실한 관찰과 관계없는 신종 문학이 태어날지도 모르지만, 현재로선 그런 것은 상상

조차 할 수 없다. 르네상스 이후로 우리가 누리고 있는 자유주의 문화가 정말 종말을 맞이한다면, 문학예술은 함께 소멸할 공산이 월등히 크다. (…) 그것은 꼭 전체주의 체제를 유지하는 나라에서만 파멸하는 데 그치지 않는다. 전체주의 세계관을 받아들이고 박해와 현실 날조를 용인하는 모든 작가는 그로 인해 작가로서의 자신을 파멸시킨다. 빠져나갈 방법은 없다. "개인주의"와 "상아탑"을 겨눈 장황한 비난과 "진정한 개성은 공동체와의 동일시로만 얻을 수 있다"라는 식의 경건한 척하는 상투어는, 매수된 정신은 망가진 정신이라는 사실을 넘어설 수 없다. 어떤 지점이라도 자발성이 들어 있지 않다면, 문학 창조는 무리이며 언어 자체가 경직되어버린다. 언젠가 인간의 정신이 지금과 완전히 달라진다면, 우리는 문학 창조를 지적 정직성과 분리하는 법을 배우게 될지도 모른다. 그러나 지금 우리가 아는 건, 오직 상상은 야생동물 같아서 감금 상태에서는 새끼를 낳지 않는다는 것뿐이다. 이 사실을 부인하는 작가나 언론인(소비에트연방을 향한 현재의 찬양은 대부분 그런 부인을 포함하거나 함축한다)은 사실상 스스로 파멸을 요구하고 있는 것이다.

정치의 언어는
대개 완곡어법, 논점 회피,
그리고 극도로 탁한
애매함으로 이루어진다

<정치와 영어>
(지불장부, 1945년 12월 11일 / 《호라이즌》, 1946년 4월)* 중에서

우리 시대의 정치적인 말과 글은 대부분 변호할 수 없는 것을 변호한다. 영국의 인도 지배 유지, 러시아의 숙청과 추방, 일본에 대한 원자폭탄 투하 같은 일은 사실 변호할 수도 있겠지만, 너무 잔인해서 대부분의 사람들이 받아들일 수 없으며, 정당이 내세우는 목표와 일치하지 않는 논리를 통해서만 변호할 수 있다. 그래서 정치의 언어는 대개 완곡어법, 논점 회피, 그리고 극도로 탁한 애매함으로 이루어진다. 무방비의 마을을 폭격하고, 주민

* 이 에세이는 맨 처음 1945년 지불장부에 기록되었고, 다음 해 잡지 《호라이즌Horizon》에 발표되었다.

들을 시골로 쫓아내고, 소 떼에 기관총을 난사하고, 소이탄으로 오두막에 불을 지르는 것, 이를 평화 회복이라 부른다. 농부 수백만 명이 농지를 강탈당하고 남부여대하여 길가를 터덜터덜 걷게 하는 것, 이를 인구 이동이나 국경 조정이라 부른다. 재판 없이 몇 년 동안 투옥되거나, 목덜미에 총을 맞거나, 북극 지방 벌목장으로 보내져 괴혈병으로 죽음을 맞이하는 것, 이를 불순분자 제거라 부른다. 어떤 것에 이름을 붙이되 그에 대한 마음속 이미지는 상기시키지 않으려 할 때, 이런 어법이 필요하다. 러시아 전체주의를 옹호하는 어떤 느긋한 영국 교수의 예를 들어보자. 그는 "좋은 결과를 얻을 수 있다면 상대를 죽여도 된다고 생각한다"라고 대놓고 말하지는 못한다. 그래서 아마 이렇게 말할 것이다.

"소비에트 정권이 인도주의자라면 비난할 어떤 특징을 보여주는 건 물론 인정하지만, 내 생각에 우리는 과도기에는 정치적 반대의 권리가 어느 정도 축소되는 것이 불가피하게 수반된다는 데 동의해야 한다. 또한 러시아 민중에게 부과되어온 혹독함이 구체적 성취의 영역에서는 족히 정당화된다는 데도 동의해야 한다."

부풀려진 문체는 그 자체로 일종의 완곡어법이다. 수많은 라틴어계 단어들은 사실 위에 눈처럼 부드럽게 내려앉아, 그 윤곽을 흐리고 상세한 내용을 다 덮어버린다. 명료한 언어의 숙적은 진실하지 않은 것이다. 진짜 목적과 공언하는 목적 사이에 간

극이 있을 때는, 마치 오징어가 먹물을 뿜어내듯 본능적으로 긴 단어와 낡아빠진 관용구에 의지하게 된다. 우리 시대에 '정치와 거리두기' 같은 것은 없다. 모든 문제는 정치적 문제이며, 정치는 본디 거짓말, 얼버무리기, 어리석음, 증오, 조현병을 한데 뭉쳐놓은 덩어리이다. (…) 우리는 작금의 정치적 혼란이 타락한 언어와 관련이 있어서, 언어 쪽에서 시작하면 어느 정도 개선할 수 있다는 걸 깨달아야 한다. 영어를 간결하게 사용하면, 정통적 견해들에서 나오는 최악의 어리석음은 피할 수 있다. 아무리 필요해도 어떤 방언도 사용해서는 안 된다. 또한 어리석은 말을 한다면 그 어리석음이 심지어 스스로에게도 빤히 드러날 것이다. (다소 차이는 있어도 보수주의부터 무정부주의까지 모든 정당에서) 정치적 언어는 거짓을 진실처럼 들리게 하고, 살인을 괜찮은 일로 만들며, 텅 빈 말을 단단하게 보이게 하는 방향으로 설계된다.

어떤 책도 정치적 편향에서

진정 자유롭지는 않다

〈나는 왜 쓰는가〉(1946) 중에서

생계를 유지할 필요는 제쳐두면, 내 생각에 글을 쓰는 동기, 적어도 산문을 쓰는 동기는 크게 네 가지이다. 작가마다 이 동기들은 정도 차이가 있고, 한 작가에게도 그 비율은 그가 살고 있는 여건에 따라 그때그때 다를 것이다. 이 동기들은 다음과 같다.

(1) 순전한 이기주의. 똑똑해 보이고, 화제가 되고, 사후에도 기억되고, 어린 시절 무시한 어른에게 복수하고 싶은 등등의 욕구다. 이런 동기가 없다는 건 허풍, 그것도 과한 허풍이다. 작가의 이런 특징은 과학자, 예술가, 정치가, 변호사, 군인, 성공한 사업가에게도 있다. 요컨대 인류의 최상층 전체에게 있다. 대부분의 사람들은 그렇게 이기적이지 않다. 서른 살쯤 되면 개인

적 야망을 포기하고(사실 많은 경우 개인이라는 의식마저 거의 포기하고), 주로 다른 이를 위해 살아가거나 그저 고된 일에 짓눌려 지낼 뿐이다. 그러나 끝까지 자신의 삶을 살기로 결심한 재능 있고 고집 센 소수도 있는데, 작가도 그런 유형에 속한다. 나는 진지한 작가가 대체로 언론인보다 허영심이 강하고 자기중심적이라 생각한다. 돈에는 관심이 덜하지만 말이다.

(2) 심미적 열정. 외부 세계에 존재하는 아름다움, 혹은 단어들과 그 올바른 배열에 존재하는 아름다움에 대한 지각이다. 어떤 소리가 다른 소리에 주는 영향에서, 좋은 산문의 견실함이나 좋은 소설의 리듬에서 느끼는 즐거움이기도 하다. 소중하게 느끼고 놓쳐서는 안 될 체험을 나누려는 욕구이다. 많은 작가에게 심미적 동기는 미미하지만, 소책자나 교과서를 쓰는 사람조차 실용적이지 않은 이유로 각별히 좋아하는 단어와 구절이 있다. 혹은 활자체나 여백 너비 등을 중시할지도 모른다. 철도 안내서 수준을 넘어서면, 그 어떤 책도 심미적 고려가 전무하지는 않다.

(3) 역사적 충동. 사물을 있는 그대로 보려는 욕구, 진실한 사실을 찾아내서 후세가 활용하도록 보존하려는 욕구다.

(4) 정치적 목적. 여기에서 '정치적'이라는 단어는 가장 넓은 의미로 사용한 것이다. 즉 세상을 특정한 방향으로 이끌고 가려는 욕구, 다른 사람들이 지닌 지향해야 하는 사회 유형에 대한 관념을 바꾸려는 욕구다. 다시 한 번 말하지만, 어떤 책도 정

치적 편향에서 진정 자유롭지는 않다. 예술이 정치와 무관해야 한다는 견해 자체가 이미 어떤 정치적 태도이다.

(…) 지난 10년간 내가 가장 원한 것은 정치적 글쓰기를 예술로 만드는 일이었다. 이를 위한 나의 출발점은 언제나 당파성을 느끼는 것, 즉 불의를 지각하는 것이었다. 나는 글을 쓰려고 앉으면서 '예술작품을 만들어낼 거야'라고 다짐하지 않는다. 나는 폭로하고 싶은 거짓말, 주목받게 하고 싶은 사실이 있기 때문에 글을 쓰고, 나의 첫 번째 관심사는 발언 기회를 얻는 것이다. 그러나 글쓰기는 심미적 경험이기도 한데, 만일 그렇지 않다면 책을 쓰는 건 고사하고 긴 잡지 기사를 쓰는 작업조차 할 수 없을 것이다. 내 글을 주의 깊게 검토해본 이라면, 내 글이 철저한 프로파간다일 때조차 전업 정치인이라면 불필요하게 여길 부분을 꽤 담고 있음을 알 것이다. 나로서는 유년기에 확립된 세계관을 모조리 버릴 수는 없고, 그렇게 하고 싶지도 않다. 내가 살아 있고 그럭저럭 잘 지내는 한, 산문 스타일을 중시하고, 이 지상을 내내 사랑하며, 견고한 대상과 쓸모없는 정보 조각에서 줄곧 즐거움을 얻을 것이다. 나의 그런 면을 억누르려 해도 소용없다. 내 일은 나의 뿌리 깊은 애정과 반감을, 이 시대가 우리 모두에게 강권하는 본디 공적이고 비개인적인 활동과 화해시키는 것이다.

이런 일은 쉽지 않다. 구성과 문체의 문제가 생기며, 진실성의 문제가 새로운 방식으로 생긴다. 이런 난감한 상황 중 적

나라한 사례 하나만 들어보겠다. 스페인내전에 대해 쓴《카탈로니아 찬가》는 물론 노골적으로 정치적이지만, 대체로 어느 정도 공평성을 가지고 형식을 신경 쓰며 쓴 책이다. 진실의 전모를 말하면서도 나의 문학적 본능에 어긋나지 않으려 무척 애썼다. 그러나 그중에서도 신문 인용 같은 것으로 가득한 긴 장이 있는데, 프랑코와 모의했다고 비난받는 트로츠키주의자들을 옹호하는 내용이다. 분명히 한두 해만 지나도 평범한 독자들이 흥미를 잃을 그런 장은 책을 망칠 게 뻔했다. 내가 존경하는 비평가 한 분이 그에 관해 잔소리를 했다. "왜 그런 걸 다 집어넣었어요? 좋은 책이 될 수도 있었는데 신문 기사로 바꿔버렸네요." 그가 한 말은 사실이었지만, 난 어쩔 수 없었다. 영국에서는 극소수 사람들만 알 수 있었던 사실, 즉 무고한 사람들이 부당하게 비난받은 일을 우연히 알게 됐기 때문이었다. 만일 그 사실에 분개하지 않았다면, 그 책을 쓰지 않았을 것이다.

이러한 문제는 어떤 꼴로든 재발한다. 문체의 문제는 이보다 더 미묘해서, 논의하는 데 시간이 너무 오래 걸릴 것이다. 그저 근래에는 덜 생생하더라도 더 정확하게 쓰려고 노력해왔다는 정도만 말하겠다. 어쨌든 글쓰기 스타일이 완전해지면, 반드시 그 스타일을 벗어버리게 된다고 생각한다. 《동물농장》은 내가 무엇을 하고 있는지 철저히 자각한 채로, 정치적 목적과 예술적 목적을 하나로 결합하려 시도한 첫 번째 책이었다. 7년 동안 소설을 쓰지 않았지만, 가까운 시기에 또 한 편을 쓰고 싶다. 그것은 실패할 수밖에 없겠지만, 모든 책은 실패작이다. 그렇지만 내가 어떤 책을 쓰고 싶은지는 꽤나 분명히 알고 있다.

　앞의 한두 쪽을 돌아보니, 내가 글을 쓰는 동기가 마치 전적으로 공공심 때문인 것처럼 보이게 썼다는 걸 알겠다. 그런 마지막 인상을 남기고 싶지는 않다. 작가들은 모두 허영심 덩어리에 이기적이고 게으르며, 글을 쓰는 동기의 가장 밑바닥에는 수수께끼가 있다. 책을 쓰는 일은 괴롭고 오랜 병치레처럼 끔찍하고 진을 빼는 투쟁이다. 거부할 수도 이해할 수도 없는 어떤 악령이 억지로 시키지 않는다면, 누구도 이런 일은 절대 시작하지 않을 것이다. 알다시피 이 악령은 아기가 주의를 끌려고 악쓰며 울게 만드는 바로 그 본능이다. 그렇지만 자기의 고유한 개성을 지우려 끊임없이 애써야 읽을 만한 글을 쓸 수 있다는 것도 사실이다. 훌륭한 산문은 유리창 같다. 나는 나의 동기들 중 무엇이 가장 강한지 자신 있게 말할 수 없지만, 그중 무엇을 따라야 하는지는 안다. 그리고 내 작품들을 돌이켜보면 맥 빠진 책을 쓰고, 미사여구나 의미 없는 문장, 장식적 형용사, 속임수에 현혹된 경우는 대개 정치적 목적이 빠져 있을 때였다.

한 나라는 자기에게 어울리는 신문을 갖는다

〈나 좋을 대로〉(《트리뷴》, 1946년 11월 22일) 중에서

언론을 조사하는 왕립위원회Royal Commission의 최근 토론에서는 늘 언론사 사주와 광고주가 끼치는 영향으로 인한 수준 저하에 대해 이야기하고 있다. 그런데 한 나라는 자기에게 어울리는 신문을 갖는다는 점에 대해서는 거의 이야기하지 않는다. 물론 이것이 진실의 전모는 아니다. 소수가 언론의 태반을 소유하면 선택의 여지가 별로 없다. 그리고 전쟁 중에 신문이 일시적으로나마 더 똑똑해졌는데도 판매 부수가 줄지 않은 걸 보면, 대중의 취향이 보기보다 그리 저급하지는 않은 듯하다. 그렇기는 해도 우리 신문들이 모두 비슷하진 않다. 일부는 나머지보다 지적이고, 일부는 나머지보다 대중적이다. 지성과 대중성의 관계를 연

구하면, 무엇을 알 수 있을까?

　　아래에 유력한 전국적 일간지 9종을 두 줄로 늘어놓았다. 왼쪽 줄은 내가 평가하는 한에서 지적인 순서로 정렬했다. 오른쪽 줄은 판매 부수로 판정한 대중적인 순서이다. 내 개인적 의견에 동의하면 지적이라는 의미는 아니다. 뉴스를 객관적으로 제공하고, 정말 중요한 사건들을 특필하며, 지루하더라도 심각한 문제를 논의하고, 적어도 일관성 있고 영리하게 정책을 옹호하는 자세가 있으면 지적이란 의미이다. 판매 부수에 관해서는 최근 수치가 없어서 한두 개 신문은 잘못 배열했을 수도 있지만, 그래도 이 목록이 크게 틀리지는 않을 것이다. 두 목록은 다음과 같다.

지성	대중성
1. 《맨체스터 가디언》	1. 《익스프레스》
2. 《타임스》	2. 《해럴드》
3. 《뉴스 크로니클》	3. 《미러》
4. 《텔레그래프》	4. 《뉴스 크로니클》
5. 《해럴드》	5. 《메일》
6. 《메일》	6. 《그래픽》
7. 《미러》	7. 《텔레그래프》
8. 《익스프레스》	8. 《타임스》
9. 《그래픽》	9. 《맨체스터 가디언》

오른쪽 줄은 왼쪽 줄을 거의 거꾸로 뒤집어놓은 듯하다 (정확히 그렇지는 않다. 인생은 절대 그렇게 깔끔하게 맞아떨어지지 않는다). 그리고 완전히 맞는 순서로 정렬하진 못했더라도, 일반적인 관계는 옳다. 가장 진실하다는 세평을 받는 신문인《맨체스터 가디언 Manchester Guardian》은 칭찬하는 사람들조차 읽지 않는다. 사람들은 이 신문이 "너무 따분하다"고 말한다. 반면에《데일리》*는 무수히 많은 사람이 읽는다. "한마디도 못 믿겠다"라고 솔직하게 말하면서도.

이런 환경에서는 사주나 광고주가 특별한 압력을 넣지 않아도 근본적 변화를 예견하기가 곤란하다. 중요한 점은 영국이 법률적으로는 출판의 자유를 누리고 있기에, 상대적으로 판매 부수가 적은 신문들이 대담하게 진실한 의견을 발언할 수 있다는 사실이다. 이 자유를 지키는 일은 매우 중요하다. 그렇지만 왕립위원회가 아무리 솜씨 있게 규제 방안을 다루어도, 엄청난 판매 부수를 가진 언론을 지금보다 한결 낫게 만들 수는 없다. 여론이 적극적으로 요구한다면 진지하고 진실한 대중지가 생길 것이다. 하지만 그때까지는 사업가들이 뉴스를 왜곡하지 않는다면, 그보다 겨우 한 단계 정도 나을 뿐인 관료들이 뉴스를 왜곡할 것이다.

---

* 대중성 1위를 차지한《데일리 익스프레스Daily Express》를 뜻한다.

타원형

지구론자

〈나 좋을 대로〉(《트리뷴》, 1946년 12월 27일) 중에서

버나드 쇼 George Bernard Shaw는 어디에선가(아마 《성녀 조앤 Saint Joan》 서문인 듯하다) 오늘날 우리는 중세 시대보다도 잘 속아 넘어가고 미신에 사로잡혀 있다고 말했다. 그리고 현대인이 이처럼 쉽게 믿는 사례로 지구가 둥글다는 막연한 믿음을 들었다. 쇼는 평범한 사람은 지구가 둥글다는 생각에 대한 근거를 단 하나도 내세울 수 없다고 말한다. 그런 사람은 단지 20세기적 사고방식에 호소하는 무언가가 있기 때문에 이런 이론을 받아들일 뿐이라는 것이다.

쇼가 과장하고 있기는 하지만 그의 말에는 무언가 있고, 이 문제는 현대의 지식을 이해하는 데 보탬이 되기에 좀 더 알아

148

볼 가치가 있다. 도대체 왜 우리는 지구가 둥글다고 믿는가? 내가 지금 이야기하는 건 당신이나 나처럼 신문을 읽는 평범한 시민이지, 몇천 명의 천문학자나 지리학자가 아니다. 이들이라면 시각적 증거를 제시할 수 있거나, 그런 증거에 대한 이론적 지식이 있을 테니까.

나는 지구 평면론은 반박할 수 있다. 맑은 날 바닷가에 서 있노라면, 선체는 보이지 않는데 돛대와 굴뚝만 수평선을 따라 지나가는 걸 볼 수 있다. 이 현상은 지구 표면이 굽었다고 가정해야 설명할 수 있다. 그러나 이것이 지구가 구형이라는 의미는 아니다. 지구가 계란처럼 생겼다고 주장하는 타원형 지구론이라고 불리는 이론을 생각해보라. 이 이론은 어떻게 반박할 수 있는가?

타원형 지구론자에게 내가 내놓을 수 있는 첫 번째 카드는 태양과 달을 보면 지구가 구형이라 유추할 수 있다는 주장이다. 타원형 지구론자는 이런 관찰로는 태양과 달이 구형이란 건 알 수 없다고 득달같이 반박할 것이다. 나는 태양과 달이 원형이란 것만 알 수 있을 뿐이며, 어쩌면 완전히 평평한 원반일 수도 있다는 것이다. 나는 여기에는 대답할 수 없다. 타원형 지구론자는 계속 말한다. 지구가 태양이나 달과 똑같은 모양이어야 한다고 생각하는 근거는 무엇인가? 여기에도 대답할 수 없다.

나의 두 번째 카드는 지구의 그림자다. 월식 때 달에 드리우는 지구의 그림자가 둥근 물체의 그림자처럼 보인다는 것이다. 타원형 지구론자가 따진다. 월식이 지구의 그림자에 의해 일어난다는 것은 어떻게 알 수 있는가? 이에 대한 나의 대답은 모른다는 것이다. 그리고 이런 정보는 무턱대고 신문 기사와 과학 서적에서 가져온 것이다.

이 가벼운 언쟁에서 패배한 나는 이제 퀸 카드를 내놓는다. 전문가의 견해다. 나는 이에 대해 잘 알고 있을 왕실 천문학자가 지구가 둥글다고 말했다고 설명한다. 타원형 지구론자는 퀸 카드보다 높은 킹 카드를 내민다. 내가 왕실 천문학자의 진술을 검증해본 적이 있는지, 아니 검증하는 방법을 알고나 있는지 묻는 것이다. 나는 더 높은 에이스 카드를 내놓는다. 그렇다. 검증 방법을 하나는 알고 있다. 천문학자들은 월식을 예측할 수 있는데, 이는 태양계에 대한 그들의 견해가 꽤 타당함을 보여주는 것이다. 따라서 내가 지구 모양에 대한 그들의 주장을 받아들이는 것은 정당하다.

타원형 지구론자는 태양이 지구 주위를 돈다고 생각했던 고대 이집트인도 월식을 예측할 수 있었다고 대답한다. 맞는 말이다. 그렇게 나의 에이스 카드도 무용지물이 되었다. 이제 카드는 딱 한 장 남았다. 바로 항해술이다. 즉 사람들은 지구가 구형이라고 가정하고 계산하여 세계를 일주하고 목적지에 도달할 수 있다. 나는 이 주장으로 타원형 지구론자를 끝장냈다고 믿는다. 비록 그에게 받아칠 만한 카드가 또 있을 수도 있지만 말이다.

지구가 둥글다고 생각하는 내 근거는 다소 박약해 보일

것이다. 이것이 지극히 간단한 정보에 불과한데도 말이다. 대부분의 다른 문제에서 나는 이보다 일찌감치 전문가에 의지해야 하며, 전문가 의견을 검증할 능력은 더 적다. 우리의 지식은 대부분 이런 수준이다. 논증이나 실험이 아니라 권위에 기대고 있다. 어찌 그렇지 않을 수 있겠는가? 지식의 범위가 워낙 넓어서 전문가조차 자신의 전문 분야에서 벗어나면 문외한이 될 수밖에 없는데 말이다. 대부분의 사람들은 지구가 둥글다는 주장을 증명하라는 요구를 받으면, 내가 앞에서 제시한 박약한 논거조차 애써 내놓으려 하지 않을 것이다. 처음에는 지구가 둥글다는 것은 "누구나 알고 있다"고 말할 테고, 더 재촉하면 화를 낼 것이다. 어찌 보면 쇼가 옳다. 지금은 쉽게 믿는 시대다. 그리고 이는 부분적으론 우리가 짊어져야 할 지식의 짐이 너무 무겁기 때문일지도 모른다.

현대의 문단 지식인들은
사실 넓은 의미의 여론이 아니라
　　　　　자기 집단 내의 여론을
　　　　늘 두려워하면서 살아가고 글을 쓴다

〈작가와 리바이어던〉(《정치와 문학》, 1948) 중에서

지금은 정치의 시대다. 전쟁, 파시즘, 강제수용소, 고무 경찰봉, 원자폭탄 등은 우리가 쓰는 글의 소재이다. 심지어 우리가 이것들을 공공연하게 언급하지 않더라도 그렇다. 어쩔 수 없다. 가라앉는 배에 탄 사람은 온통 가라앉는 배만 생각하게 된다. 그러나 좁아진 건 주제만이 아니다. 문학을 대하는 태도도 온통 충성심으로 물드는데, 우리는 적어도 가끔은 이것이 문학적이지 않다고 깨닫곤 한다. 나는 아무리 좋은 시절이라도 문학 비평은 사기라고 이따금 느낀다. 일반적으로 인정되는 기준 같은 것이 없기에, 그러니까 어떤 책이 "좋다"거나 "나쁘다"라는 주장에 의미를 부여할 외부적 준거가 없기에, 문학에 대한 모든 판단은 그

저 본능적인 선호를 정당화하기 위해 일련의 규칙을 꾸며내는 것일 뿐이다. 누군가 어떤 책에 대해 반응할 때, 진정한 반응은 보통 "이 책이 좋다"거나 "이 책이 싫다"는 것이고, 그에 뒤따르는 부연은 그저 합리화일 따름이다. 그렇지만 내 생각에 "이 책이 좋다"는 비문학적 반응이 아니다. 비문학적 반응은 "이 책은 우리 편이므로, 이 책에서 좋은 점을 찾아내야 한다"이다. 물론 어떤 책을 정치적 이유로 상찬할 때에는 강력한 동의를 느낀다는 의미에서 감정적으로 솔직한 경우도 있겠지만, 당파의 결속을 위해 노골적인 거짓말을 하는 경우도 흔하다. 정치적인 정기 간행물에 서평을 쓰는 사람이라면 이런 사실을 빤히 알고 있다. 일반적으로 자신이 동의하는 신문에 서평을 쓰는 경우에는 작위의 죄를 짓고, 반대편 신문에 서평을 쓰는 경우에는 부작위의 죄를 짓는다. 어쨌든 (소련, 시온주의, 가톨릭교회 등에 대한 찬반을 밝히는) 논란을 일으키는 무수한 책들은 읽기도 전에, 아니 사실상 쓰이기도 전에 이미 평가가 내려진다. 이런 책들이 어떤 신문에서 어떤 평가를 받을지는 미리 알 수 있다. 그럼에도 불구하고 계속 진정한 문학적 기준을 적용하는 척하는데, 때로는 이러한 속임수를 자각하지도 못한다.

　　물론 정치가 문학을 침범하는 일은 일어나기 마련이다. 전체주의라는 특수한 문제가 없었더라도 그런 일은 일어났을 것이다. 왜냐하면 우리 조상에게는 없던 어떤 회한, 즉 이 세상이 엄청나게 부당하고 비참하다는 자각이 생겨났기 때문이다. 또한 죄책감에 이 세상을 위해 무언가 해야 한다고 느끼면서, 삶에 대한 순수한 심미적 태도가 불가능해졌기 때문이다. 조이스James Joyce나 헨리 제임스Henry James처럼 외골수로 문학에 매진할 수 있는 사람은 이제 아무도 없다. 그러나 유감스럽게도 이제는 정치적 책임을 받아들이는 것이 정통성과 '당 노선'에 복종한다는 뜻인데, 그러려면 소심하고 부정직해야 한다. 우리는 빅토리아 시대의 작가들에 비해 불리하다. 뚜렷하게 갈리는 정치적 이데올로기들 사이에 끼여 살고 있고, 어떤 생각이 이단인지 대개 한눈에 알아차릴 수 있기 때문이다. 현대의 문단 지식인들은 사실 넓은 의미의 여론이 아니라 자기 집단 내의 여론을 늘 두려워하면서 살아가고 글을 쓴다. 다행히 그런 집단은 보통 하나만 있진 않다. 그러나 어느 시기에나 지배적인 정통파가 존재하는데, 이에 반기를 들려면 무뎌야 하고 때로는 여러 해 동안 수입이 반토막 나는 것을 감수해야 한다.

전쟁은

평화다

《1984》(1949) 중에서

윈스턴의 등 뒤 텔레스크린에서 나오는 목소리는 여전히 선철
銑鐵과 제9차 3개년 계획의 조기 달성에 대해 지껄이고 있었다.
텔레스크린은 수신과 송신이 동시에 이뤄진다. 윈스턴이 내는
소리는 매우 나지막한 속삭임보다 크면 모조리 잡아낸다. 게다
가 이 쇠붙이 판때기가 명령하는 대로 그 시야 내에 있으면, 들
릴 뿐 아니라 보이기도 한다. 물론 특정 시간에 자신이 감시당하
는지 아닌지는 알 도리가 없다. 사상경찰이 각 개인의 선에 얼마
나 자주, 또는 어떤 장치로 접속하는지는 추측만 할 수 있을 뿐
이다. 언제나 모두를 감시한다고 생각할 수도 있다. 그러나 어쨌
든 그들은 원할 때면 언제든지 당신의 선에 접속할 수 있다. 모

든 소리를 엿듣고 있으며 어둡지 않을 때는 모든 움직임을 살피고 있다고 여기면서 살아야 하고, (이제는 본능이 된 습관에 따라) 그렇게 살고 있다.

윈스턴은 여태껏 텔레스크린을 등지고 있었다. 그게 더 안전했다. 물론 그가 잘 알고 있듯이, 등조차 무언가를 드러낼 수 있다. 그의 직장인 진실성 Ministry of Truth은 1킬로미터 떨어진 꾀죄죄한 풍경 위로 웅장하고 허옇게 솟아 있었다. 그는 어떤 막연한 못마땅함을 느끼며 생각했다. 이게 바로 런던이지. 제1공대 Airstrip One의 주요 도시이며 오세아니아 Oceania 지역에서 세 번째로 인구가 많은 도시. 그는 런던이 항상 이랬는지 어린 시절 기억을 짜내려 했다. 노상 이처럼 삭아가는 19세기 집들의 풍경이었던가? 측벽은 통나무 들보로 받치고, 창문은 판지를 덕지덕지 덧대고, 지붕은 골함석으로 덮고, 뜰의 금 간 담벼락은 사방팔방으로 기울어 있었던가? 폭탄이 떨어진 곳에는 횟가루가 허공에 소용돌이치고, 돌무더기 위에 분홍바늘꽃이 제멋대로 자라고 있었던가? 폭탄이 날려버린 너른 땅에 닭장 같은 판잣집이 즐비한 지저분한 동네가 생겨났던가? 하지만 소용없는 일이었다. 떠올릴 수 없었다. 아무 배경도 없이 대개 알아볼 수 없게 떠오르는 휘황한 정경을 빼고는, 어린 시절 기억은 아무것도 남아 있지 않았다.

신어 Newspeak로는 진성 Minitrue이라고 불리는 진실성은 시야에 들어오는 다른 어떤 물체와도 놀랄 만큼 다르다. 번들거리는 백색 콘크리트의 거대 피라미드 구조물이 테라스 위로 테라스가 이어지며 공중으로 300미터를 솟구쳐 있다. 윈스턴이 서 있는 곳에서는 다만 허연 표면에 우아한 서체로 새겨진 당의 세 가지 슬로건만을 읽을 수 있었다.

전쟁은 평화다
자유는 예속이다
무지는 힘이다

(…) 그가 막 하려던 일은 일기장을 펴는 것이었다. 불법은 아니었지만(더 이상 법이 없기에 불법은 없다), 발각되면 사형당하거나 적어도 강제노동수용소 25년형 감인 건 꽤 확실했다. 윈스턴은 펜촉을 펜대에 끼우고 입으로 빨아 기름을 제거했다. 펜은 구식 도구라서 서명에도 잘 안 쓰지만, 남몰래 한 자루를 어렵게 구했다. 단지 고운 미색 종이에는 볼펜으로 긁어대는 대신 진짜 펜촉으로 쓰는 편이 어울린다고 느꼈기 때문이었다. 사실 그는 손으로 글을 쓰는 데 익숙하지 않았다. 아주 짤막한 쪽지가 아니면 모든 것을 구술기록기speakwrite가 받아쓰게 하는 것이 보통인데, 물론 지금 하려는 일에는 쓸 수 없었다. 그는 펜을 잉크에 살짝 담그고 몇 초 정도 머뭇거렸다. 뱃속으로 전율이 훑고 지나갔다. 종이에 흔적을 남기는 것은 중대한 행위다. 그는 작고 서툰 글씨로 썼다.

1984년 4월 4일

　그는 몸을 뒤로 젖혀 앉았다. 완벽한 무력감이 내리눌렀다. 우선 지금이 1984년이 분명한지 알 수 없었다. 자기 나이가 서른아홉이라는 것이 꽤 확실하고 1944년 아니면 1945년에 태어났으므로, 아마 그쯤이리라. 하지만 요즘에는 1~2년 안짝의 날짜는 도무지 분명하지 않다.

　문득 의아한 생각이 들었다. 이 일기는 누구를 위해 쓰는 거지? 미래를 위해서, 후세를 위해서. 그의 마음은 종이 위의 불확실한 날짜로 잠시 헤매다가, **이중사고** Doublethink라는 신어와 쿵하고 맞닥뜨렸다. 자신이 얼마나 엄청난 일을 시도하고 있는지 처음으로 뼈저리게 느꼈다. 어떻게 미래와 소통할 수 있는가? 본디 무리한 일이다. 미래가 현재와 비슷하다면 그의 말에 귀 기울이지 않을 것이고, 다르다면 그가 처한 이 곤경은 무의미할 것이다.

참고할 외부 기록이 없으면

자기 삶의 윤곽마저 희미해진다

《1984》(1949) 중에서

텔레스크린에서는 고막을 찢는 듯한 호루라기 소리가 똑같은 음으로 30초간 이어졌다. 7시 15분, 사무직 노동자들의 기상 시간이었다. 윈스턴은 몸을 비틀어 침대에서 일어나 의자 위에 걸쳐 있던 우중충한 러닝셔츠와 반바지를 집어 들었다(외부당Outer Party 당원은 1년에 의복 배급권을 고작 3천 매 받는데, 잠옷 한 벌이 6백 매나 했기에 잠자리에서 아무것도 걸치지 않고 있었다). 3분 있으면 체조가 시작될 것이다. 다음 순간 그는 몸을 구부리며 발작적으로 지독한 기침을 했다. 아침에 깨자마자 거의 늘 덮치는 기침이었다. 그 기침으로 폐가 싹 비어서 등을 대고 누워 연달아 숨을 깊이 헐떡거린 후에야, 간신히 다시 숨 쉴 수 있었다. 고역

159

스러운 기침으로 정맥이 부풀어 올랐고 정맥류 궤양이 근질거리기 시작했다.

"삼사십 대 반!" 날카로운 여자 목소리가 시끄럽게 외쳤다. "삼사십 대 반! 자기 위치로 가세요, 삼사십 대!"

윈스턴은 벌떡 일어나 텔레스크린 앞에 차렷 자세로 섰다. 화면에는 헐렁한 블라우스와 운동화 차림에 여위었으나 근육질인 젊은 여자의 영상이 이미 나와 있었다.

"팔을 구부렸다 펴세요!" 그녀가 소리 질렀다. "절 따라 하세요. **하나**, 둘, 셋, 넷! **하나**, 둘, 셋, 넷! 자, 동무들, 좀 더 힘차게! **하나**, 둘, 셋, 넷! **하나**, 둘, 셋, 넷! …"

꿈이 남긴 인상은 발작적 기침의 통증으로도 윈스턴의 마음에서 다 떨쳐지지 않았고, 체조의 반복 동작 때문에 도로 떠올랐다. 체조에 걸맞은 음울한 즐거움의 표정으로 기계적으로 팔을 앞뒤로 흔들면서, 흐릿한 유년기를 되돌아보려 애쓰고 있었다. 몹시 어려운 일이었다. 1950년대 후반 이전의 일은 송두리째 사라지고 없었다. 참고할 외부 기록이 없으면 자기 삶의 윤곽마저 희미해진다. 아마 일어나지도 않았을 엄청난 사건을 떠올리기도 하고, 사건의 세부 내용은 기억하지만 그 분위기는 재생할 수 없기도 하며, 아무것도 채워 넣을 수 없는 긴 공백기도 있다. 그때는 모든 것이 달랐다. 나라들의 이름이나 지도상의 모습까지도 달랐다. 예컨대 제1공대는 당시에는 그렇게 부르지 않고, 잉글랜드나 브리튼이라고 불렀다. 그래도 런던은 늘 런던이라고 불렀던 건 확실했다.

(…) 유년 시절의 몇 달 동안 런던에서도 어지러운 시가전들이 벌어졌고, 개중 몇몇은 선연하게 기억하고 있다. 그렇지만 이 기간 전체의 역사를 추적하는 것, 특정 시기에 누가 누구와 싸웠는지 말하는 것은 도저히 불가능했다. 지금 존재하지 않는 체제에 대해서는 어떤 문헌 기록이나 구전도 전해지지 않기 때문이다. 이를테면 바로 지금 (만약 지금이 1984년이라면) 1984년에 오세아니아는 유라시아 Eurasis와 전쟁 중이고 이스트아시아 Eastasia와는 동맹 관계다. 이 세 강대국이 그 언제였든 지금과 다른 진영으로 편을 맺었다는 것은 공적 발언이나 사적 발언에서 결코 인정된 적이 없다. 윈스턴이 잘 알고 있듯, 사실 겨우 4년 전까지 오세아니아는 이스트아시아와 전쟁을 벌였고 유라시아와 동맹을 맺었다. 그러나 이것은 그의 기억이 충분히 통제되지 않았기에 우연히 얻은 은밀한 지식의 일부일 뿐이다. 공식적으로는 동맹국이 한 번도 바뀌지 않았다. 오세아니아는 유라시아와 전쟁 중이므로, 으레 유라시아와 전쟁을 해왔다. 그 순간의 적은 늘 절대 악이었고, 따라서 어떤 과거나 미래에 그 적과 협정을 맺는 것은 불가능하다.

무서운 일. 그는 (엉덩이에 손을 얹고 허리를 중심으로 상체를 빙빙 돌리는, 등 근육에 좋다는 운동을 하면서) 어깨를 힘겹게 뒤로 젖히며 한 만 번째로 그걸 곰곰이 생각했다. 무서운 일은 이 모든 것이 사실일지도 모른다는 거지. 만약 당이 과거에 손을 대서 이런저런 일에 대해 **절대 일어나지 않았다**고 할 수 있다면, 분명 단순한 고문과 죽음보다 한층 무시무시한 일이 아닐까?

당은 오세아니아가 유라시아와 동맹을 맺은 적이 없다고 했다. 그는, 윈스턴 스미스는, 오세아니아가 겨우 4년 전까지는 유라시아와 동맹을 맺었단 걸 알고 있었다. 하지만 그 지식은 어디에 존재하는가? 그저 그 자신의 의식에 있을 뿐인데, 이 의식은 어차피 곧 소멸할 것이다. 그리고 다른 사람이 모두 당이 강요하는 거짓말을 인정한다면(만약 모든 기록이 똑같은 이야기를 한다면), 그 거짓말은 역사로 기록되어 진실이 된다. 당 슬로건은 이렇다. "과거를 지배하는 자가 미래를 지배한다. 현재를 지배하는 자가 과거를 지배한다." 그러나 과거는 본디 바뀔 수 있는데도 바뀐 적이 없었다. 지금 진실한 것은 무엇이든 영원히 진실했고 영원히 진실할 것이다. 지극히 간단하다. 필요한 것은 오직 자기 기억을 끝없이 극복하는 것이다. 그들은 이를 "현실통제 Reality control"라고 불렀다. 신어로는 "이중사고"다.

(…) 윈스턴은 양팔을 옆으로 늘어뜨린 채 폐 깊숙이 공기를 천천히 들이마셨다. 그의 정신은 미궁 같은 이중사고의 세계로 빠져들었다. 아는 것과 모르는 것, 신중히 꾸민 거짓말을 하면서도 온전한 진실을 의식하는 것, 두 가지 의견이 서로 모순임을 알지만 둘 다 믿으면서 서로 부딪치는 이 둘을 모두 견지하는 것. 논리에 맞서 논리를 사용하는 것, 도덕에 대한 권리를 주장하면서도 도덕을 부인하는 것, 민주주의는 불가능하다고 믿으

면서도 당이 민주주의의 수호자라고 믿는 것. 잊어야 할 것은 무엇이든 잊었다가, 필요한 순간 다시 기억해내고서, 이내 도로 잊는 것. 그리고 무엇보다도 같은 과정을 이 과정 자체에 적용하는 것. 이것이야말로 궁극적으로 절묘하다. 의식하지 않음을 의식적으로 유도하는 것, 그다음에는 또다시 방금 행한 최면 행위를 의식하지 않는 것. 심지어 '이중사고'라는 단어를 이해하는 데에도 이중사고를 사용해야 한다. (…) 그가 궁리해보니, 과거는 그저 변화한 것이 아니라 사실 파괴되었다. 자신의 기억 바깥에 아무 기록도 남지 않았다면, 아무리 뻔한 사실이라도 어떻게 입증할 수 있겠는가? 그는 어느 해에 빅브라더에 대한 말을 처음 들었는지 상기하려 했다. 분명히 1960년대 언제쯤이었으리라 생각했다. 하지만 확신할 수는 없었다. 물론 당의 역사에서 빅브라더는 아주 초기부터 혁명의 지도자이자 수호자로서 모습을 드러낸다. 그의 위업은 차츰 과거로 거슬러 올라가, 기이한 원통형 모자를 쓴 자본가들이 아직 번들거리는 우람한 자동차나 옆면에 유리창이 달린 마차를 타고 런던 거리를 쏘다니던 1930년대와 1940년대의 굉장한 세계까지 돌아간다. 이 전설이 어디까지 진실이고 어디까지 지어냈는지는 알 수 없다. 윈스턴은 심지어 당 자체가 언제 생겼는지도 기억할 수 없었다. 그는 1960년 이전에는 영사Ingsoc라는 단어를 들어본 적이 없다고 생각했지만, 그 전에도 "영국 사회주의English Socialism"라는 구어Old-speak 형태로 통용되었을 수도 있다. 모든 것은 안개 속으로 녹아든다. 가끔은 정말로 확실한 거짓말을 꼭 집어낼 수도 있다. 가령 당의 역사책에 적힌 당이 비행기를 발명했다는 주장은 진실이 아니다. 그는 아주 어린 시절부터 항공기를 기억하고 있었다. 그러나 아무것도 증명할 수는 없다.

아름다운 일이야, ⌐

낱말을 없애버리는 건 ⌐

《1984》(1949) 중에서

지하 깊숙한 곳, 천장이 낮은 구내식당에서 점심 식사 줄이 어정 어정 앞으로 나아갔다. 식당은 이미 만원이었고 귀가 먹먹할 정 도로 시끄러웠다. 계산대 창살 사이로 스튜의 김이 무럭무럭 나 오고 있었는데, 그 시큼한 금속성 냄새도 승리 진Victory Gin의 술 내를 누르지는 못했다. 식당 저쪽 끝 벽에 구멍 하나를 파서 만 든 초라한 술집이 있는데, 10센트에 진을 큰 잔으로 팔고 있었다.

"자네를 찾고 있었네"라고 말하는 목소리가 윈스턴의 등 뒤에서 들려왔다.

그는 몸을 돌렸다. 조사국에서 일하는 친구 사임이었다. 어쩌면 '친구'라는 단어는 걸맞지 않으리라. 요즘은 친구는 없고 동무만 있다. 하지만 다른 동무보다 어울리기 즐거운 동무들은 있었다. 사임은 언어학자로서 신어 전문가였다. 사실 현재 신어 사전 11판을 편찬하고 있는 대규모 전문가 집단의 일원이었다. (…)

윈스턴이 소음을 이겨내기 위해 목소리를 높여 물었다. "사전은 어떻게 돼 가?"

사임이 대답했다. "더뎌. 난 형용사를 맡았는데, 아주 흥미롭다고."

신어에 대해 말을 꺼내자 금세 얼굴이 밝아졌다. 그는 접시를 옆으로 밀고 가냘픈 한쪽 손으로 빵 덩어리를 다른 손으로는 치즈를 집어 들고는, 소리 지르지 않아도 되게끔 탁자 너머로 몸을 굽혔다.

그는 말했다. "11판이 최종판이야. 언어의 마지막 꼴을 다듬고 있지. 이 형태가 갖춰지면 모두 이 말만 쓰게 될 거야. 다 마무리되면 자네 같은 사람들은 말을 몽땅 새로 배워야 될 걸. 자네는 아마 우리가 주로 하는 일이 새 단어를 만드는 거라고 생각하고 있을 거야. 그런데 전혀 아니야! 우리는 낱말을 없애버리는 중이거든. 매일 수십 수백 개씩 말이야. 언어를 뼛속까지 깎아내는 셈이지. 11판에는 2050년 이전에 쓸모없어질 단어는 하나도 없어."

그는 시장한 듯이 빵을 베어 물더니 두어 번 씹어 삼켰다. 그러고는 현학자 같은 열정으로 말을 이어갔다. 여위고 거무스

름한 얼굴에 생기가 돌았고, 눈은 비웃는 듯한 표정이 스러지고 거의 꿈을 꾸는 듯했다.

"아름다운 일이야, 낱말을 없애버리는 건. 물론 동사와 형용사를 제일 많이 줄이지만, 없어도 되는 명사도 수백 개나 돼. 동의어만 없애는 게 아니야. 반의어도 있지. 한낱 다른 낱말의 반대말이 있을 타당한 이유가 있겠어? 낱말은 그 자체가 반대 뜻을 담고 있단 말이야. 예를 들어서 '좋다good'를 생각해보자고. '좋다' 같은 낱말이 있는데 '나쁘다bad' 같은 낱말이 무슨 소용이 있어? '안 좋다ungood'도 그에 못지않거든. 아니, 한결 낫지. 왜냐하면 이 말은 정확히 반대를 뜻하는데, 다른 말은 그렇지 않으니까. 아니면 '좋다'의 강한 표현이 필요하다면, '훌륭하다exellent'나 '굉장하다splendid' 등등의 모호하고 쓸모없는 낱말이 전부 무슨 가치가 있겠어? '더 좋다plusgood'가 그 의미를 담는 거지. 그래도 더 강한 게 필요하면 '두 배 더 좋다doubleplusgood'면 되는 거고. 물론 이런 형태는 이미 사용하고 있지만, 신어 최종판에는 다른 단어는 없을 거야. 결국 좋음과 나쁨의 개념은 몽땅 낱말 여섯 개만으로 표현될 테지.* 실제로는 딱 한 단어지만. 그 묘미를 알겠나, 윈스턴? 당연히 이건 원래 빅브라더의 아이디어지." 그는 뒤늦게 한마디를 덧붙였다.

---

* good, ungood, plusgood, plusungood, doubleplusgood, doubleplusungood을 뜻한다.

빅브라더를 언급하자 윈스턴은 얼굴에 미지근한 열의를 후딱 꾸며냈다. 그러나 사임은 그가 열성이 없음을 바로 눈치챘다.

"자넨 신어의 진가를 잘 모르고 있어, 윈스턴." 그는 거의 애달프게 말했다. "신어로 글을 쓸 때도 자꾸 구어로 생각하고 있어. 자네가 《타임스》에 가끔 쓰는 기사들을 조금 읽어봤지. 좋긴 한데, 그저 번역이더라고. 내심으로는 모호하고 쓸데없는 뉘앙스가 있는 구어를 고수하고 싶은 것 같아. 낱말 없애기의 묘미를 이해하지 못하는 거지. 혹시 매년 어휘가 줄어드는 유일한 언어가 신어라는 건 알고 있어?"

물론 윈스턴은 알고 있었다. 그는 마음 놓고 말하지는 못하고 동조한다는 듯 웃었다. 사임은 다시 흑빵을 한 조각 베어 물고 잠깐 씹고는 말을 이었다.

"신어의 목표가 오직 사고의 폭을 좁히는 데 있는 걸 모르는 거야? 마지막에는 사상범죄를 문자 그대로 불가능하게 만들 거야. 왜냐하면 그걸 표현할 낱말이 없어질 테니까. 필요한 모든 개념은 정확히 한 낱말로 표현될 거고, 그 낱말의 의미는 엄격하게 정의되고 부차적 의미들은 모두 지워지고 잊힐 거야. 11판에서 이미 그 목표에 가까워졌지. 하지만 자네랑 내가 죽은 후에도 그 과정은 오래 계속될 거야. 해마다 낱말은 적어질 테고, 의식의 폭도 조금씩 좁아지겠지. 물론 지금도 사상범죄를 범하는 데에는 이유나 핑계 따위는 없어. 단지 자기 수양과 현실 통제의 문제일 뿐이야. 하지만 결국에는 그런 것도 필요하지 않을 거야. 언어가 완벽해질 때 혁명도 완성될 테지. 신어가 영사이고 영사가 신어야." 그는 신비로운 만족감을 느끼는 듯 덧붙였다. "혹시 이런 생각이 떠오른 적 없어, 윈스턴? 아무리 늦어도 2050년에는 우리가 지금 나누는 이런 대화를 이해할 인간은 아무도 살아 있지 않을 거라는 생각 말이야."

"다만⋯" 윈스턴은 미심쩍은 듯 말을 꺼내다 이내 그만두었다.

'다만 프롤*은 빼고'라는 말이 혀끝까지 나왔지만, 이런 말이 어떤 면에서도 정통이라는 확신이 들지 않아 억누른 것이다. 그러나 사임은 윈스턴이 하려던 말을 알아차렸다.

"프롤은 인간이 아니야." 그는 아무렇게나 말했다. "2050년에, 어쩌면 그보다 일찍, 구어에 대한 실제적 지식은 다 사라질 거야. 과거의 문학도 다 사라질 거고. 초서, 셰익스피어, 밀턴, 바이런도 신어 번역으로만 존재할 거야. 그저 다른 무언가로 바뀌는 게 아니라, 사실 원래 모습에 반대되는 무언가로 바뀌는 거지. 당의 문학도 바뀔 거야. 슬로건도 바뀔 거고. 자유 개념이 깡그리 파괴되면, 어떻게 '자유는 예속이다' 같은 슬로건이 있겠어? 사고의 풍조도 싹 달라질 거야. 사실 지금 우리가 생각하는

---

* proles. 이 작품에서 오세아니아 인민의 85퍼센트를 이루는 프롤레타리아, 즉 노동자계급을 뜻한다. 그 외에 내부당원이 2퍼센트, 외부당원이 13퍼센트이다.

그런 사고라는 게 **있을** 수 없을 테지. 정통은 생각하지 않음, 생각이 필요 없음을 뜻하지. 정통은 바로 무의식이야."

갑자기 윈스턴에게는 조만간 사임이 증발하리라는 강한 확신이 들었다. 너무 똑똑하다. 너무 똑똑히 알고 있고 너무 숨김없이 말한다. 당은 이런 사람들을 좋아하지 않는다. 언젠가 그는 사라질 것이다. 그의 얼굴에 그렇게 쓰여 있다.

죄중지는
위험한 생각의 문턱에서

마치 본능처럼
바로 멈추는 능력을 의미한다

《1984》(1949) 중에서

당원은 바른 견해뿐 아니라 바른 본능도 지니도록 요구받는다. 당원에게 어떤 믿음과 태도를 요구하는지는 대부분 있는 그대로 표명되지 않는다. 그러면 영사에 내재하는 모순이 드러날 것이다. 천성적으로 정통(신어로 선사자goodthinker)인 당원이라면, 굳이 생각하지 않고도 어떤 경우에나 무엇이 진실한 믿음이고 바람직한 감정인지를 알 것이다. 그러나 어쨌든 **죄중지** crimestop, **흑백** blackwhite, **이중사고** 같은 신어를 중심으로 어린 시절 받은 정교한 정신적 훈련 때문에, 어떤 주제에 대해서든 너무 깊이 생각하려 들지 않고 또 할 수도 없다.

당원은 사사로운 감정이 없어야 하고 열성이 식지 않아야

171

한다. 끊임없이 외국의 원수와 내부의 배신자를 광적으로 증오하고, 승리에 환호하며, 당의 힘과 지혜 앞에서 겸손하게 살아야 한다. '2분 증오'*와 같은 장치를 통해, 당원의 헐벗고 궁핍한 삶에 대한 불만을 계획적으로 외부로 돌리고 흩어버린다. 그리고 회의적이거나 반항적인 태도를 유발할 수 있는 사색은 일찌감치 습득한 정신적인 훈련으로 사전에 소멸시킨다. 그 훈련에서 유아에게도 가르칠 수 있는 최초의 가장 단순한 단계는 신어로 **죄중지**라고 부른다. **죄중지**는 위험한 생각의 문턱에서 마치 본능처럼 바로 멈추는 능력을 의미한다. 이것은 유추를 알아듣지 못하고, 논리적 오류를 알아보지 못하며, 영사에 해롭다면 가장 단순한 논변도 오해하고, 이단으로 이끌 여지가 있는 일련의 사고를 지루해하고 혐오하는 힘을 포함한다. 간단히 말해 **죄중지**는 보호용 우둔함이다. 그러나 우둔함만으로는 충분하지 않다. 오히려 완전한 의미의 정통은 제 몸을 통제하는 곡예사만큼 자기의 정신적 과정을 샅샅이 통제하라고 요구한다. 오세아니아 사회는 근본적으로 빅브라더는 전능하고 당은 오류가 없다는 믿음에 기초하고 있다. 그러나 실제 빅브라더는 전능하지 않고 당은 오류를 범하기 때문에, 사실을 처리하는 데 지치지 않고 시시각각 변하는 융통성이 필요하다. 여기서 핵심어는 **흑백**이다. 수많은 신

---

* Two Minutes Hate. 매일 2분간 텔레스크린으로 보여주는 폭력적이고 자극적인 영상을 통해 증오를 광적으로 발산하는 의례이다.

어 낱말들과 마찬가지로, 이 낱말도 서로 모순되는 두 의미를 지닌다. 적에게 쓸 때는, 명백한 사실을 부정하면서 흑을 백이라고 주장하는 뻔뻔한 습성을 의미한다. 그러나 당원에게 쓸 때는, 당의 규율이 요구한다면 기꺼이 흑을 백이라고 말하는 충성을 의미한다. 그러나 이 낱말은 흑을 백이라고 **믿는** 능력, 아니 나아가 흑을 백이라고 **아는** 능력을 의미하기도 하고, 지금과는 정반대로 믿은 적이 있음을 잊는 능력을 의미하기도 한다.

자네 의견은 어떤가, 윈스턴? ⌐

∟ 과거가 정말로 존재하는가?

《1984》(1949) 중에서

심문이 어떻게 끝났는지 하나도 기억나지 않았다. 한동안 어둠 속에 있은 다음에야 그가 있는 감방인지 방인지가 주위부터 차차 보이기 시작했다. 바닥에 착 달라붙다시피 누워서 꼼짝도 할 수 없었다. 몸의 주요 부분이 모두 묶여 있었다. 뒤통수마저 어떤 식으로인가 꽉 고정되어 있었다. 오브라이언이 근엄하면서도 다소 구슬픈 표정으로 내려다봤다. 올려다 본 얼굴은 거칠고 수척했다. 눈 밑 살은 처졌고 코에서 턱으로 이어지는 주름살은 지쳐 보였다. 윈스턴이 생각했던 것보다 나이 들어 보였다. 아마도 마흔여덟이나 쉰일 것이었다. 그의 손이 닿는 곳에는 맨 위에 손잡이가 달리고 숫자판이 있는 다이얼이 있었다.

오브라이언이 말했다. "내가 말하지 않았나. 우리가 다시 만난다면 여기서일 거라고 말이야."

"네." 윈스턴이 대답했다.

아무런 경고도 없이 오브라이언의 손이 슬쩍 움직이자 통증이 몸에 밀려들었다. 무슨 일이 벌어지는지 볼 수 없었기에, 통증에 소스라쳐 놀랐다. 그는 어딘가 치명상을 입었다는 느낌을 받았다. 정말 치명상을 입었는지 아니면 전기가 내는 효과인지 알 수 없었지만, 온몸이 뒤틀리고 관절 마디마디 서서히 해체되는 것 같았다. 고통으로 이마에 땀이 맺혔지만, 최악은 등뼈가 부러질 것 같다는 공포였다. 이를 악물고 코로 가쁘게 숨을 쉬면서, 가능한 한 소리를 내지 않으려 허덕였다.

오브라이언이 윈스턴의 얼굴을 응시하며 말했다. "곧 어딘가 부러질까 두려워하는군. 특히 두려운 건 바로 등뼈가 부러지는 거겠지. 척추가 뚝 부러져서 척수액이 뚝뚝 떨어지는 모습이 생생하게 그려질 거야. 그게 지금 자네가 생각하고 있는 거야. 그렇지 않나, 윈스턴?"

윈스턴은 대답하지 않았다. 오브라이언은 다이얼 손잡이를 제자리로 밀었다. 통증이 밀려온 속도만큼 빠르게 빠져나갔다.

오브라이언은 말했다. "그건 40도였어. 이 다이얼에 숫자가 100까지 있는 게 보일 거야. 우리가 대화하는 동안 명심하게나. 언제든지 원하는 만큼 고통을 가할 힘이 내게 있다는 것을. 거짓말을 하거나, 어떻게든 얼버무리려 하거나, 심지어 평상시

만큼 똑똑하게 굴지 않아도 아파서 울부짖게 될 거야, 즉시. 알
겠나?"

"네." 윈스턴이 대답했다.

(…) 오브라이언은 생각에 잠긴 듯한 표정으로 윈스턴을
내려다보고 있었다. 다루기 힘들지만 촉망받는 아이 때문에 애
면글면하는 선생님 같은 태도가 여느 때보다 한층 완연했다.

그가 말했다. "과거를 지배하는 것에 대한 당 슬로건이 있
지. 한 번 외워볼 텐가."

"'과거를 지배하는 자가 미래를 지배한다. 현재를 지배하
는 자가 과거를 지배한다.' " 윈스턴이 순순히 외웠다.

"'현재를 지배하는 자가 과거를 지배한다.' " 오브라이언이
천천히 맞장구치듯이 고개를 끄덕이며 말했다. "자네 의견은 어
떤가, 윈스턴? 과거가 정말로 존재하는가?"

다시 무력감이 윈스턴을 내리눌렀다. 그의 눈이 다이얼을
흘낏 보았다. 그는 자신을 고통에서 구해줄 대답이 '네'인지 '아
니요'인지 몰랐다. 아니, 스스로 무엇이 진실한 대답이라고 믿는
지도 몰랐다.

오브라이언은 옅은 미소를 지었다. 그가 말했다. "자넨 형
이상학자가 아닐세, 윈스턴. 지금까지 존재라는 말이 무슨 의미
인지 생각해본 적이 없겠지. 더 정확하게 얘기해주지. 과거가 구
체적으로 존재할까? 공간 속에 말이야. 견고한 대상들이 있는 어
떤 장소, 그곳에서 과거가 여전히 일어나고 있을까?"

"아니요."

"그럼, 과거가 존재한다면 도대체 어디에 있을까?"

"기록에요. 과거는 기록됩니다."

"기록이라. 그리고?"

"마음에요. 인간의 기억에요."

"기억이라. 아주 좋아. 그렇다면 우리는, 당은 말이야, 모든 기록을 지배하지. 그리고 모든 기억을 지배해. 그러면 우리는 과거를 지배하는 걸세. 그렇지 않나?"

"하지만 어떻게 사람들이 기억을 못하게 할 수 있습니까?" 윈스턴이 다시 다이얼을 깜빡 잊고 외쳤다. "그건 마음대로 하는 게 아니잖아요. 스스로 하는 일이 아니라고요. 기억을 어떻게 지배한다는 겁니까? 당신들은 제 기억을 지배하지 못했잖아요!"

오브라이언의 태도가 다시 험악해졌다. 그가 다이얼에 손을 얹었다.

그가 말했다. "그게 아니라, **자네**가 지배하지 못한 거지. 그래서 여기 온 거야. 겸손하지도 않고 자기 수양도 못해서 여기 온 거지. 제정신이라면 마땅히 복종해야 하지만 그러지 않았어. 유일한 미치광이이자 소수파가 되려 했던 거지. 정신을 수양해야 실재를 볼 수 있네, 윈스턴. 자넨 실재가 뭔가 객관적이고 외부적이며 그 자체로 존재한다고 생각하고 있어. 또 실재의 본질은 자명하다고 생각하고 있고. 자네가 뭔가를 본다는 망상에 빠지면, 다른 사람 모두 자네와 똑같은 걸 본다고 추측하게 되는 거야. 그런데 윈스턴, 내가 알려 주지. 실재는 외부에 있는 게 아니야. 실재는 다른 데가 아니라 사람의 마음속에 존재하는 거야. 실수도 범할 수 있고 어차피 곧 스러질 개개인의 마음이 아니라, 집단적이고 불멸하는 당의 마음속에만 존재하는 거지. 당이 진실이라고 여기는 것이 **곧** 진실일세. 당의 눈을 통해서 보지 않으면 실재를 보는 건 불가능하네. 자네가 다시 배워야 하는 건 바로 이 사실이야, 윈스턴. 그러려면 자기 파괴의 행위, 의지의 노력이 필요하지. 자네가 제정신으로 돌아오려면 먼저 겸허해져야 하네."

그는 마치 자신이 한 말을 충분히 이해할 시간을 주려는 듯, 잠시 말을 멈추었다.

그가 말을 이었다. "그거 기억하는가? 일기에 '자유란 2 더하기 2는 4라고 말할 자유다'라고 쓴 거?"

"네." 윈스턴이 대답했다.

오브라이언은 왼손을 들어 손등을 윈스턴에게 보인 채, 엄지손가락을 접고 네 손가락을 폈다.

"내가 편 손가락이 몇 개인가, 윈스턴?"

"네 개지요."

"만일 당이 네 개가 아니라 다섯 개라고 한다면, 그땐 몇 개지?"

"네 개요."

말이 끝나자마자 통증이 덮쳤다. 다이얼 바늘이 55까지

치솟았다. 윈스턴의 전신에 땀이 솟아났다. 폐로 공기가 맹렬히 들어와 다시 자지러지는 신음을 토하는데, 아무리 이를 악물어도 그치지 않았다. 오브라이언은 여전히 손가락 네 개를 편 채 가만히 바라보고 있었다. 그는 손잡이를 낮추었다. 이번에는 통증이 약간 잦아들었을 뿐이다.

"손가락이 몇 개지, 윈스턴?"

"네 개입니다."

바늘이 60까지 올라갔다.

"손가락이 몇 개지, 윈스턴?"

"넷요! 넷! 뭘 어떻게 말합니까? 넷이라고요!"

분명 바늘이 더 올라갔지만 눈으로 보지는 못했다. 음울하고 험악한 얼굴과 손가락 네 개가 그의 시야를 꽉 채우고 있었다. 눈앞에 손가락이 마치 거대한 기둥 같이 우뚝 서서 흐릿하고 가늘게 떨리는 듯했지만, 영락없이 네 개였다.

"손가락이 몇 개인가, 윈스턴?"

"넷! 이제 그만, 그만! 언제까지 할 겁니까? 넷! 넷!"

"손가락이 몇 개지, 윈스턴?"

"다섯이에요! 다섯! 다섯!"

"아니야, 윈스턴, 소용없네. 거짓말이야. 아직도 네 개라고 생각하잖아. 손가락이 몇 개지?"

"넷! 다섯! 넷! 좋을 대로 하세요. 제발 그만, 그만 아프게 해주세요!"

오브라이언이 불쑥 그의 어깨에 팔을 두르고 몸을 일으켜 앉혔다. 아마도 몇 초간 의식을 잃었던 모양이다. 몸을 묶은 끈이 느슨해졌다. 한기를 느껴 걷잡을 수 없이 떨렸고, 이가 딱딱 맞부딪쳤으며, 눈물이 뺨을 타고 흘러내렸다. 윈스턴은 잠시 아기처럼 오브라이언에게 매달려 있었고, 어깨를 두르고 있는 묵직한 팔에서 이상하게도 편안함을 느꼈다. 오브라이언이 보호자처럼 느껴졌다. 통증이 바깥에서, 다른 곳에서 왔고, 오브라이언이 자기를 구한 것만 같았다.

"배우는 게 늦군, 윈스턴." 오브라이언이 다정하게 말했다.

"어쩔 수 없잖아요?" 윈스턴은 흐느꼈다. "눈앞에 있는 건 볼 수밖에 없잖아요? 2 더하기 2는 4란 말입니다."

"때로는 말이야, 윈스턴. 때로는 다섯이네. 때로는 셋이고. 때로는 동시에 그 모두일 수도 있지. 더 노력해야겠어. 제정신이 되는 건 쉽지 않은 일이야."

인용 문헌

책

《1984 Nineteen Eighty-Four》(1949)

《동물농장 Animal Farm》(1945)

《버마 시절 Burmese Days》(1934)

《사자와 일각수 The Lion and the Unicorn》(1937)

《숨 쉬러 나가다 Coming Up for Air》(1939년)

《위건 부두로 가는 길 The Road to Wigan Pier》(1937)

《카탈로니아 찬가 Homage to Catalonia》(1938)

에세이

〈나는 왜 쓰는가 Why I Write〉(1946)

〈나 좋을 대로 As I Please〉(《트리뷴 Tribune》, 1944년 12월 8일)

〈나 좋을 대로 As I Please〉(《트리뷴 Tribune》, 1946년 11월 22일)

〈나 좋을 대로 As I Please〉(《트리뷴 Tribune》, 1946년 12월 27일)

노엘 윌멧 Noel Willmett에게 보내는 1944년 5월 18일 타자 편지

《《동물농장》의 출판: "언론의 자유" Publication of Animal Farm; "The Freedom of the Press"〉(1945년 8월 17일, 런던 / 1946년 8월 26일, 뉴욕)

〈런던 편지 London Letter〉(1941년 4월 15일 /《파르티잔 리뷰 Partisan Review》, 1941년 7~8월 수록)

〈문학 비평 Ⅱ: 톨스토이와 셰익스피어 Literary Criticism Ⅱ: Tolstoy and Shakespeare〉(1941년 5월 7일 방송 /《더 리스너 The Listener》, 1941년 6월 5일 수록)

〈문학 비평 Ⅳ: 문학과 전체주의 Literary Criticism Ⅳ: Literature and Totalitarianism〉(1941년 5월 21일 방송, 타자 원고)

〈문학 예방The Prevention of Literature〉(《폴레믹Polemic》, 1946년 1월 / 《애틀
  랜틱 먼슬리The Atlantic Monthly》, 1947년 3월)

〈민족주의 비망록Notes on Nationalism〉(《폴레믹Polemic》, 1945년 10월)

〈스페인내전을 돌이켜본다Looking Back on the Spanish War〉(1937)

업튼 싱클레어Upton Sinclair의 《세계의 종말World's End》 서평(《트리뷴Tri-
  bune》, 1940년 9월 13일)

〈작가와 리바이어던Writers and Leviathan〉

〈전시 일기War-time Diary〉(1941년 7월 3일)

〈전시 일기War-time Diary〉(1942년 3월 14일)

〈정치와 영어Politics and the English Language〉(지불장부, 1945년 12월 11일 /
  《호라이즌Horizon》, 1946년 4월)

탕예 린Tangye Lean의 《어둠 속의 목소리 : 유럽의 라디오 전쟁 이야기Voices in
  the Darkness : The Story of the European Radio War》 서평(《트리뷴Tri-
  bune》, 1943년 4월 30일)

〈파시즘과 민주주의Fascism and Democracy〉(《더 레프트 뉴스The Left News》,
  1941년 2월)

해들리 캔트릴Hadley Cantril의 《화성으로부터의 침공The Invasion from Mars》
  서평(《더 뉴 스테이츠먼 앤드 네이션The New Statesman and Nation》,
  1940년 10월 26일)

옮긴이 김태한

한국에서 경영학을 공부한 후 독일로 건너가 자란트 대학에서 정보학을 전공했으며, 귀국 후 동국대학교 국문학과에서 석사 과정을 마치고 박사 과정을 수료하였다. 동국대학교, 김포대학교에서 한국어 강사로 활동하였으며, 현재 경복대학교 한국어 강사로 재직하고 있다. 옮긴 책으로 《자르토리스 부인의 사랑》, 《논술세대를 위한 정치이야기》, 《일상고통 걷어차기》가 있다.

조지 오웰 진실에 대하여
Orwell on Truth

초판 1쇄 발행 | 2021년 7월 14일

지 은 이 | 조지 오웰
옮 긴 이 | 김태한
펴 낸 이 | 이은성
편   집 | 구윤희
교   정 | 홍원기
디 자 인 | 파이브에잇
펴 낸 곳 | 필로소픽
주   소 | 서울시 동작구 상도동 206 가동 1층
전   화 | (02) 883-9774
팩   스 | (02) 883-3496
이 메 일 | philosophik@hanmail.net
등록번호 | 제379-2006-000010호

ISBN 979-11-5783-223-1 03840

필로소픽은 푸른커뮤니케이션의 출판 브랜드입니다.